Kurt Lehmkuhl (Hrsg.)
Anton-Heinen-Volkshochschule Kreis Heinsberg

Blutroter Selfkant

20 kriminelle und unheimliche Kurzgeschichten
aus dem Land zwischen Rur und Wurm

hkl-verlag

verschwindend dünn. Die Lösung zu ihrer Figur war männlich und hieß mit Vornamen Walter. Herr Brenner wurde nicht grundlos hinter vorgehaltener Hand „Die Landplage“ oder, noch schlimmer, „Der Vernichter“ genannt. Er aß einfach pausenlos und verputzte restlos alles, was ihm in die Finger kam. Er kaute permanent an irgendetwas herum, was dazu führte, dass Kochabende bei Brenners seit Jahren nicht mehr stattfinden konnten. Sein Kuraufenthalt war daher für seine Frau die Gelegenheit gewesen, hier eine Wullergood-Party steigen zu lassen.

„Poposchiel“, stellte sich Britta den unbekannten Anwesenden vor, „Sie können Britta zu mir sagen.“ Der Unterschied zwischen Schreibweise und Aussprache ihres Nachnamens sorgte zuverlässig für Spaß.
Sechs Augen blickten sie verblüfft an, bis eine der Frauen neugierig fragte: „Sind Sie Polin? Sie hören sich gar nicht so an!“ Nein, sie war keine Polin, war auch nie mit einem Polen verheiratet gewesen, nur die Vorfahren der Vorfahren ihres Exmannes werden wohl irgendwann einmal aus Polen gekommen sein. Im Übrigen hatte sie nichts gegen Polen und wäre manchmal tatsächlich lieber Polin, um diese immer wiederkehrende Frage schlicht und ergreifend mit „Ja“ beantworten zu können.
„Nein, ich habe nur beim Standesbeamten nicht widersprochen“, erwiderte Britta souverän lächelnd und setzte sich. Jutta, die etwas zugenommen zu haben schien und blendend aussah, verschwand in der Küche, um nach der Kartoffelpizza zu sehen. Leise summte sie eine Melodie vor sich hin.

„Kann ich dir helfen?“, rief Britta ihr hinterher in der Hoffnung, noch eine Weile vor dem aufgekratzten Damenkränzchen fliehen zu können.
„Ja, du kannst gleich Stücke schneiden“, schallte es zurück. Britta atmete erleichtert auf und eilte zu Jutta, die zwei schwere Bleche auf die Arbeitsplatte wuchtete.
„Das Messer liegt da in der Schublade links. Ist auch von Wullergood. Das schneidet einfach alles, fantastisch.“ Britta seufzte stumm in der Befürchtung, heute Abend doch nicht kostenlos davon zu kommen. Köstlicher Duft erfüllte den ganzen Raum, und Britta machte sich an die Arbeit. Das Messer lag unglaublich schwer in der Hand, stellte sie fest. Es schnitt tatsächlich durch die Pizza wie durch frischen Butterkuchen.
Aus dem Wohnzimmer ertönte immer lauteres Gelächter. Britta trug ein fertiges Blech vorsichtig hinein und stellte es auf den zweiten Tisch. Als sie die Küche wieder betrat, stand Jutta am geöffneten Kühlschrank. Brittas erstaunter Blick fiel auf etwas Bekanntes. Sie trat hinter Jutta und konnte es nicht fassen. „Was hast du denn da? Eichsfelder Mettwurst? Wo ist die denn her?“, kreischte sie los.
„Die kam heute im Paket, von Walter. Frag mich nicht, warum, es war noch nicht mal ein Brief dabei. Eichsfeld? Sagt dir das was?“, fragte Jutta verwundert.
Brittas Augen leuchteten. „Logisch, da wird die leckerste Mettwurst gemacht, die es gibt. Darf ich ein Stück?“
„Ich würd ja gerne, aber ich befürchte, Walter sieht das nicht gerne. Du kennst ihn ja. Die ist bestimmt

wieder nur für ihn." Britta hatte echtes Mitleid mit Jutta. Dass Walter Kramer seiner Frau kaum einen Krümel von etwas Essbarem übrig ließ, war allseits bekannt. Offensichtlich würde es nach der Kur nicht viel besser sein.

„Wann ist dein Mann eigentlich zurück?", erkundigte sie sich.

„In zehn Tagen wahrscheinlich, wenn er keine Verlängerung bekommt. Komm, lass uns zu den anderen gehen. Ich hab Riesenhunger", schloss Jutta das Thema ab und schob das zweite Blech zum Warmhalten in den Backofen zurück.

Nachdem alle gesättigt waren, präsentierte sich Marion in absoluter Bestform während ihrer Vorführung. Das Messer hatte seinen großen Auftritt bereits an mehreren Stücken Pizza hinter sich gebracht, jetzt waren die neuesten Angebote dran. Mittendrin klingelte Juttas Handy. Sie seufzte kurz, bevor sie das Gespräch annahm. Die Frauen blickten sich besorgt an und verstummten.

„Ja … ja … ja sicher, Schatz … natürlich. Der Kochclub ist gerade hier. Nein, keine Sorge. Verlängerung? Aha, ja gut. Am 5. Mai? Okay. Mach's gut, Schatz."

Jutta legte auf, sie war blass geworden. Erwartungsvolle Stille machte sich breit.

„Walter?", fragte Helma, eine der Hobbyköchinnen.

„Ja. Er lässt schön grüßen."

„Und?"

„Er kommt 14 Tage später. Die Diät schlägt wohl nicht genügend an."

„Ja prima, freu dich doch! Hast du ein paar ruhige Tage mehr!"

Jutta verließ wortlos das Wohnzimmer und ging ins Bad. Die allgemeine Stimmung war plötzlich gedrückt, es wurde leise miteinander gemurmelt.
„Da stimmt doch wieder was nicht. Die Arme, ... ich sag's ja, sie hätte ihn schon längst in die Sahara schicken sollen."
„Den würde ich auch nicht wiederhaben wollen. Eines Tages finden wir sie verhungert in der Ecke liegen, und dann haben wir den Salat."
Britta wünschte sich auf ihr heimisches Sofa zurück. Einfach zu gehen war jetzt nicht angebracht, also schüttete sie sich Kaffee ein und wartete. Als die Badezimmertür wieder geöffnet wurde, verebbten die Gespräche wie auf Kommando. Jutta sah verweint aus. Sie setzte sich in ihren Lieblingssessel und zündete eine Zigarette an. Ihre Finger zitterten.
„Ich kann nicht mehr", schluchzte sie. Helma stellte sich neben sie und legte ihr beruhigend die Hand auf die Schulter. Das Geschluchze steigerte sich. „Walter macht mich wahnsinnig! Jetzt droht er mir, mich zu verlassen, wenn wir seine Mettwurst essen. Das ist ja völlig irre! Wen habe ich da bloß geheiratet?"
Helma atmete tief durch, überlegte einen kurzen Moment und sprach dann das aus, was bereits in der Luft hing: „Jutta, so geht das nicht weiter. Schmeiß ihn endlich raus oder pack deine Sachen und verschwinde!"
Jutta schluckte, stand auf und ging nervös im Raum umher. Neun Augenpaare folgten ihr gespannt. Britta verkniff sich ein Grinsen, solche Wohnzimmerspaziergänge kannte sie von ihrem Lebensgefährten, wenn er angestrengt nachdenken musste. Das konnte jetzt dauern.

„Ich flieg zu Irmchen“, platzte es auf einmal aus Jutta heraus. „Ich tausch die Schlösser aus. Soll er sehen, wo er bleibt, wenn er nach Hause will. So nicht!“ Ihr Gesicht nahm einen ziemlich entschlossenen Ausdruck an.
„Bravo!“ Alle Köpfe drehten sich zu Helma um, die begeistert in die Hände klatschte. „Wir helfen dir! Willkommen im Single-Club!“
„Na, und Walter erst“, lachte Renate Hilmers, Helmas Nachbarin und beste Freundin, die bisher nicht viele Worte verloren hatte. „Wir schaffen das. Ruf am besten direkt bei Irmchen an, sonst überlegst du es dir noch anders.“
„Nix da, genug ist genug!“ Jutta griff zum Handy und tippte flink auf den Tasten herum. Irmchen schien auf Anrufe zu warten, spätestens nach dem zweiten Klingeln war sie in der Leitung.
„Ich bin's, Jutta!“ Juttas Stimme quietschte vor Erregung. „Ja mir geht's prima, so gut wie lange nicht! .... Wir sitzen hier in großer Runde ... Walter? Wer ist Walter? ... Ach, der Walter! Das erzähl ich dir nächste Woche ... Klar weiß ich, dass du da noch auf Mallorca bist ... Hast du ein Bett für mich frei? ... Was? ... Ja, ich komme dich besuchen! ... Super! Ich ruf dich morgen nochmal an. Tschüss, Irmchen.“
Jutta ließ sich wieder in ihren Sessel fallen, füllte Rotwein in ein Glas und trank es in großen Zügen leer. Brittas Blick fixierte sich auf den Inhalt ihrer Kaffeetasse. Marion biss genussvoll in ein Stück Pizza, während die Hobbyköchinnen fröhlich Likörgläser füllten und anstießen. „Auf Jutta! Auf die Zukunft!“. Die restlichen drei Frauen nippten nervös am Mineralwasser. Offensichtlich waren sie mit der Situation

überfordert und warteten auf Erlösung, die schließlich von Helma kam: „Marion, ich helf dir beim Einpacken. Dann räumen wir gemeinsam auf, und ihr fünf könnt nach Hause gehen. Wir vier bleiben hier, um alles Weitere mit Jutta zu besprechen. Um den Schlosser und den Flug kümmern wir uns morgen früh." Jutta nickte müde, der Rotwein hatte seine Wirkung sichtlich nicht verfehlt.
Kurz vor 22 Uhr verließen Britta und Marion als letzte der fünf Frauen das Haus. Jutta drückte Britta zum Abschied noch zwei Mettwürste in die Hand. „Guten Hunger", grinste sie.
„Den werd ich haben! Wenn du mich brauchst, ruf an", erwiderte Britta und machte sich mit Marion auf den kurzen Heimweg, versunken in Gedanken über den völlig unerwarteten Verlauf des Abends. Mit Eheproblemen so offen umzugehen, war für die dörflichen Verhältnisse fast skandalös. So redeten sie nicht viel und verabredeten sich vor Marions Haus kurz zum nächsten Nordic Walking am kommenden Freitag in drei Tagen.

Mittwoch und Donnerstag klebte Britta vor ihren Monitoren, um sich dem Logoentwurf für eine neue Käsesorte zu widmen. Anregungen dafür fand sie in Hülhoven genug. Ein Blick aus dem Bürofenster genügte, und die Milchproduzentinnen persönlich muhten ihr zu. Doch die Ideen kamen langsamer als gewohnt, Jutta Brenners Vorhaben ging ihr nicht aus dem Kopf. Und die drei anderen Frauen, deren Namen sie schon wieder vergessen hatte, würden die Geschichte ganz sicher schon verbreitet haben. Auch wenn sie in umliegenden Dörfern wohnten

– hier kannte jeder irgendwie jeden um drei Ecken herum. Neuigkeiten und Tratsch verbreiteten sich wie die Fliegen im Sommer. Das Endergebnis wich nur leider oft von den Fakten ab.
Donnerstagmittag war Britta endlich zufrieden mit ihrer Arbeit und entschloss sich zu einem ausgedehnten Frühlingsspaziergang mit Lizzy. Bei der Gelegenheit wollte sie an Juttas Haus vorbeigehen. Vermutlich hatten die Hobbyköchinnen alles schon fest im Griff, doch hoffte Britta insgeheim, Jutta im Garten anzutreffen, um Neues zu erfahren. Nach kurzem dickköpfigen Gezerre der kleinen Hündin in die entgegengesetzte Richtung stand sie nach zehn Minuten vor Brenners Grundstück. Da Britta höchst ungern einfach so in anderer Leute Gärten marschierte, klingelte sie an der Haustür. Von außen sah nichts ungewöhnlich aus, die Rollläden waren oben, der Briefkasten leer. Da niemand öffnete, überlegte sie kurz und ging zum Gartentor neben der Garage. Brenners großer Garten war einer der gepflegtesten im ganzen Ort, vielleicht nutzte Jutta das schöne Wetter aus, um sich dort aufzuhalten, bevor sie den Weg auf die Baleareninsel antrat.
„Hallo? Jutta? Bist du da?“, rief Britta vorsichtig über den niedrigen Zaun. Lizzy steckte ihre schmale Schnauze neugierig zwischen die blauen Metallstäbe. Ganz hinten schien sich etwas zu bewegen, doch die Obstbäume, Hecken und Sträucher ließen nicht genügend Einblick zu.
„Hallooooooo?“ Britta zögerte, bevor sie den Griff des Gartentores nach unten drückte. Das Tor war nicht abgeschlossen, also bestand noch Hoffnung, dass Jutta zu Hause war und sie nur nicht hörte. Lizzy we-

delte erfreut und stürmte voraus. „Nicht so schnell“, schimpfte Britta, nahm die Leine kurz und ging langsam Richtung Terrasse.
„Was machst du denn hier?“ Marion Spatz, die plötzlich hinter dem Holzsichtschutz hervortrat, war genau so erstaunt wie Britta.
„Und du?“, lachte Britta. „Ist Jutta auch da? Wie geht's ihr denn?“
„Der geht es super. Helma und ich haben sie heute Mittag nach Düsseldorf zum Flughafen gefahren. Ich will gerade das Altpapier rausstellen. Helma musste zum Arzt, die hat es seit zwei Wochen am Rücken.“
Britta leinte Lizzy ab, die sofort wild schnüffelnd über den einwandfreien Rasen rannte. Brenners hatten eine wirklich schöne Kombination aus Zier- und Nutzgarten geschaffen. Die Ernte fiel jedes Jahr mehr als reichlich aus, Britta war eine dankbare Abnehmerin der Frühkartoffeln und des leckeren Spargels.
Marion schob eine mit Pappe beladene Schubkarre zum Gartentor, während Britta zwischen den bunten Frühlingsbeeten umherging. Als Marion zurückkam, hielt sie einen zusammengefalteten Karton in der Hand.
„Sag mal … die Wurst, die Jutta dir mitgegeben hat – die hatte doch Walter geschickt, oder?“
„Ja, aus Bad Harzburg wohl. Warum?“
„Der Karton hier … da ist so ein Aufkleber drauf: Eichsfelder Wurstschlachterei, Duderstadt. Der Poststempel ist von Anfang letzter Woche.“
„Duderstadt? Merkwürdig … das ist ein ganzes Stück entfernt. Und das Paket kam doch angeblich vorgestern erst an! Versteh ich nicht …“
„Ich auch nicht. Vielleicht hat die Post geschlafen

oder Walter hat einen Ausflug gemacht", überlegte Marion.
Britta zog die Stirn kraus. „Oder Jutta hat heimlich selbst im Internet bestellt. Wir fragen sie einfach, wenn sie wieder da ist. Oder besser nicht, sonst denkt sie noch, wir schnüffeln in ihrem Müll herum."
„Hast recht, würden wir ja nie tun", amüsierte sich Marion und brauchte den Karton wieder zurück. Britta hielt nach Lizzy Ausschau, die fröhlich damit beschäftigt war, ein großes Loch in den im hinteren Bereich des Gartens liegenden Kartoffelacker zu buddeln.
„Aus! Lizzy! Bei Fuß!" Die Hündin reagierte nicht. Britta schnappte nach Luft und lief zu ihr. „Los, an die Leine, das ist ja nicht zu fassen." Angestrengt zog sie die störrische Lizzy vom Acker weg und ging Richtung Geräteschuppen, wo sie eine Schaufel suchte, um den Schaden wieder gutzumachen.
Marion bog sich vor Lachen.
„Hilf mir lieber – und ja, ich buche einen Hundetrainer", motzte Britta, die erfolglos versuchte, Lizzy zum Sitzen zu bewegen.
„Ich halt den Hund fest, und du reparierst", schlug Marion vor. Britta murmelte etwas Unverständliches, nahm die Schaufel vom Haken und ging zurück zum Acker. Marion blieb mit der winselnden Lizzy davor stehen.
„Sieht so aus, als wäre hier neulich schon umgegraben worden, die Erde ist so locker", fiel ihr auf.
„Ja, mag sein. Ist trotzdem peinlich. Hoffentlich merkt Jutta nichts." Britta betrachtete Lizzys Werk und hockte sich hin, um etwas zu untersuchen, das ein kleines Stück aus dem Grund des Loches herausragte. Auf den ersten Blick sah es aus wie die Wurzel

einer Distel. Sie schob mit den Fingern Erde beiseite und wurde blass.
„Was ist?“, fragte Marion, die bemerkte, dass etwas nicht in Ordnung war. Britta drehte sich in der Hocke um und starrte ihre Freundin mit großen Augen an.
„Da ist ... nein, ich habe einen Albtraum. Ganz bestimmt. Oder da ist tatsächlich ein Finger in der Erde.“
„Ein Finger? Was für ein Finger?“ Marion trat näher und schaute in das Loch. Lizzy sprang aufgeregt an ihr hoch.
„Oh.“

„Oh“, war das letzte Wort, das Britta bewusst mitbekam. Vor dem inneren Auge spiegelten sich Bilder von alten „Aktenzeichen-XY-ungelöst-Folgen“ wider. Hände und Stirn waren eiskalt und nass. Es rauschte in ihren Ohren. Das Mettwurstbrot vom Mittagsimbiss bahnte sich durch den verkrampften Magen den Weg nach oben, der Boden unter ihren Füßen löste sich in Nichts auf, dann wurde alles schwarz.

Karsten hielt ihre Hand, als sie spätabends im Heinsberger Krankenhaus wieder richtig wach wurde. Ihr Kreislauf hatte dem Grusel nicht standgehalten. Sie fühlte sich endlos müde.
„Sag mir bitte, dass ich das nicht erlebt habe.“ Brittas Zunge war bleischwer.
„Leider doch, Schatz.“
„Ich besuche nie wieder Wullergood-Partys, das schwöre ich dir. Wo ist Marion?“
„Noch bei der Polizei, glaube ich. Sie hat viel zu erzählen.“

„War das Herr Brenner?“
„Ja. Ihm fehlte der linke Schuh.“
„Ich esse nie wieder Kartoffeln.“
„Schlaf noch ein bisschen.“
„Okay.“

Der nächste Morgen begann mit grausamen Kopfschmerzen. Brittas Zimmernachbarin hatte ihr Radio angestellt, es liefen Nachrichten.
„... der 67-jährige Mann aus Heinsberg ist vermutlich infolge einer tödlichen Stichverletzung verstorben. In seinem Mund steckten zwei Scheiben Schinkenwurst, ein Ersticken wird allerdings ausgeschlossen. Wie die Polizei mitteilte, war er bereits seit mindestens 14 Tagen tot. Als mögliche Tatwaffe wurde ein großes Küchenmesser sichergestellt. Über den genauen Tathergang und das Tatmotiv wird noch spekuliert. Die hauptverdächtige 58-jährige Ehefrau des Getöteten ist gestern Abend bei einem schweren Autounfall in der Nähe eines bekannten Strandclubs auf der Ferieninsel Mallorca ums Leben gekommen. Die 63-jährige Fahrerin des Wagens stammte ebenfalls aus Heinsberg. Sie ist auf dem Weg ins Krankenhaus verstorben, trug eine Pappnase und hatte einen Blutalkohol von 1,8 Promille.“

Britta schaute auf ihr Frühstückstablett. Keine Schinkenwurst. Gut.

Renate Janssen

Trödelmarkt an Schacht 3

Die Sonne schien sanft auf die Wagen der Trödelmarktgemeinschaft. Noch war es erfrischend kühl. Es versprach, ein schöner sonniger, vielleicht sogar heißer Tag zu werden. Immer noch fuhren Kombis, Pkws mit Anhängern und kleine Transporter auf das Gelände im Schatten des ehemaligen Förderturms von Schacht 3 der Zeche Sophia-Jacoba und reihten sich in die Reihen der Trödler ein, um dann vor ihren bepackten Fahrzeugen die Stände aufzubauen, mit Geschirr, Bekleidung, Kinderspielzeug und all den nützlichen oder unnützen Dingen; mit all dem, das sich im Laufe der Jahre auf Speichern oder in Kellern angesammelt hatte.

Hannelore und Judith hatten ihren Tapeziertisch bereits aufgestellt und waren dabei, ihre Kartons auszupacken und deren Inhalt auf dem Tisch zu verteilen.

„Es ist kaum zu glauben, dass meine Beiden mal so klein waren." Hannelore hielt einen bestickten, blauen Babystrampler in der Hand und lächelte in Erinnerung schwelgend vor sich hin.

Da waren sie noch echt niedlich gewesen. Schade, dass sie das nicht bleiben.

„Wie ist eigentlich die letzte Mathearbeit von Max ausgefallen?", fragte Judith, während sie mehrere Stapel verschiedenen Geschirrs auf ihrer Seite des Tisches anordnete.

Hannelore seufzte: „Eine Vier. Algebra ist einfach nicht sein Ding, da geht es ihm wie seiner Mutter.“
Beide mussten lachen, als sie an die Zeit zurückdachten, an denen sie noch gemeinsam die Schulbank gedrückt hatten.
„Schau dir den an!“ Judith wies mit ihrem Kinn, die Arme waren mit Stapeln blau gemusterter Teller belegt, auf den Transporter, der sich mit seinem Anhänger rückwärts in die Lücke zwischen ihrem Stand und dem nächsten hineinmanövrierte.
„Ein professioneller Trödler. Ich bin mal gespannt, was der so alles mitschleppt. Vielleicht werde ich ja bei dem mein Chinamuster los.“
Der erste Kunde war schon an den Stand getreten und fragte nach Kristallgläsern. Keine der beiden Frauen konnte mit dem Gewünschten weiterhelfen.
„Die Abstauber sind auch schon unterwegs.“ Judith lachte. „Das wird bestimmt ein guter Tag heute. Schönes Wetter, ein voller Trödel und die ersten Kunden, schon bevor man mit dem Aufbau fertig ist.“

Eine Stunde später hatten sie es sich auf ihren Campingstühlen bequem gemacht. Während die Nachzügler noch ihre Wagen ausluden, streiften schon etliche Menschen durch die Reihen auf der Suche nach dem ultimativen Schnäppchen. Der Nachbar hatte sich auf zwei Stellplätzen ausgebreitet. Auf mehreren längsgestellten Tischen waren Service aus altem Porzellan und antike Haushaltsgegenstände ausgestellt und vor dem Anhänger standen alte Möbel und ein großes angestaubtes Gemälde.
Hannelore beriet eine junge Mutter, die Kleidungsstücke für ihre Tochter suchte, und Judith füllte die

Lücken, die nach den ersten Verkäufen entstanden waren, aus einem noch nicht ausgepackten Karton auf, als sie eine heftige Diskussion am Stand nebenan mitbekamen.
Es gab einen Interessenten für das Bild, aber offensichtlich konnte man sich nicht über den Preis einig werden.
Judith und Hannelore sahen sich an und Judith zuckte mit den Achseln. Als der Möchtegernkäufer an ihrem Stand vorbeikam, rief sie ihm zu: „Versuchen Sie es kurz vor vier nochmal. Wenn es ans Einpacken geht, lassen viele noch mal mit sich reden, was den Preis angeht, ehe sie den Krempel noch einmal wieder einpacken."
Der Mann, schon etwas älter, mit schütterem Haar und leicht schäbiger Kleidung, schaute erschrocken zu ihr hinüber und hastete ohne Antwort weiter.
„Nichts da", rief ihr Nachbar herüber, „der Rahmen ist locker seine 200 Mäuse wert. Was ich heute nicht verkaufe, geht eben die nächsten Wochen weg. Für 20 Euro wollte er den Schinken haben. Aber nicht mit mir, ich weiß, was mein Zeug wert ist."

Die Sonne stieg immer höher, es wurde immer wärmer. Die Massen trödelinteressierter Kunden schlängelten sich an den Ständen vorbei und zwei Mitarbeiter des Trödelmarktes gingen von Stand zu Stand, um von den Nachzüglern Standmiete und Kaution zu kassieren. Der Trödler auf dem Nachbarstand saß auf einem seiner antiken Stühle in der prallen Sonne und rührte sich nicht. Er hatte eine Sonnenbrille aufgezogen und die Hände im Schoß gefaltet. Als der Kassierer auf seine Frage nach der Standmiete

keine Antwort bekam und ihn wachrütteln wollte, fiel er vom Stuhl.
„Du, dem ist schlecht geworden, “ sagte Judith und lief hinüber. „Hoffentlich hatte er keinen Herzinfarkt, ist ja auch unvernünftig, sich in seinem Alter so in die Sonne zu setzen.“
Judith wollte dem Trödler wieder aufhelfen, doch dann sah sie das Blut, das den Stuhl entlang zu Boden gelaufen war. Erschrocken sah sie zu den beiden Mitgliedern des Fördervereins Schacht 3 auf, die mit ihrem Quittungsblock und der Liste der angemeldeten Trödler in der Hand wie erstarrt auf den blutenden Mann zu ihren Füßen hinabsahen. Judith suchte nach dem Puls am Hals des Mannes. Es war nichts mehr zu fühlen.
Dann sah sie den Griff eines Messers aus dem Rücken des Mannes ragen und richtete sich auf.
„Ich denke, wir müssen die Polizei rufen. Einen Arzt braucht er, glaube ich, nicht mehr.“
Ein Mann in Jeans und T-Shirt drängte die Leute beiseite, die begonnen hatten, sich vor dem Stand zu sammeln.
„Ich bin Arzt, kann ich helfen?“ Er beugte sich über den Mann am Boden. Fast auf die gleiche Art wie Judith überprüfte er den Puls am Hals des Liegenden, auch er bemerkte das Messer. Mit den gleichen Worten, die auch Judith gebraucht hatte, wandte er sich an die beiden Offiziellen.
„Wir brauchen die Polizei. Der Mann ist tot. So wie es aussieht, ist er erstochen worden. Aber das muss natürlich noch von der Gerichtsmedizin bestätigt werden.“
Noch immer standen die beiden älteren Männer wie

Salzsäulen neben dem Toten. Bis jetzt hatte keiner von ihnen etwas gesagt.
Der, der den Quittungsblock in Händen hielt, wollte etwas sagen, brauchte aber mehrere Ansätze um ein „Ich hole Hilfe“ herauszubringen. Dann drängte er sich durch den stetig anwachsenden Zuschauerstrom hindurch und lief zum Gebäude im hinteren Bereich des Trödelmarktes. Der Arzt schüttelte den Kopf, holte ein Handy aus der Hosentasche und rief die Polizei.

Ein Mord mitten im Zentrum von Hückelhoven, die Polizei kam schnell. Mit Blaulicht und Sirene rasten die grünsilbernen Fahrzeuge auf der Sophiastraße am Trödelmarkt vorbei und versuchten, durch die Einfahrt auf den Platz zu fahren. Aber die Menge der Schaulustigen war jetzt nicht mehr zu durchdringen. Die Besatzung der letzten beiden Wagen stieg auf der Straße aus und drängte die Menschen zur Seite, um den Kollegen die Durchfahrt zum Stand, der zu einem Tatort geworden war, zu ermöglichen. Danach begannen sie, den Tatort abzuriegeln. Es wurden rot-weiße Plastikbänder weitläufig um den Stand herum gespannt und alle Menschen hinter die Absperrung verbannt. Mehrere Polizisten gingen zwischen den Schaulustigen herum, nahmen Personalien auf und versuchten, Informationen zum Vorgang zu sammeln.
Hannelore und Judith waren auch von ihrem Stand hinter die Absperrung verbannt worden und verfolgten das weitere Geschehen. Wie herbeigezaubert standen plötzlich zwei Männer mit einer Video-Kamera zwischen ihnen und begannen, sie zu dem

Mord zu befragen. Die Polizei wies die Typen an, die Kamera auszuschalten, aber sie waren der Meinung, dass sie sich solch Geschäft nicht durch die Lappen gehen lassen könnten. Man musste sie gewaltsam vom Platz entfernen und man konnte ihr Gezeter über „diesen Polizeistaat“ noch lange Zeit hören.

Der Tag wurde lang. Die Polizei bekam Verstärkung und räumte systematisch den Platz. Die beiden Frauen mussten Judiths Kombi und ihren gesamten Trödel zurücklassen und sich von Hannelores Mann abholen lassen. Sie waren von einer Polizeibeamtin befragt worden und hatten die Zusage, am nächsten Tag ihre Habe wieder zurückzubekommen.
Abends saß Judith auf ihrem Lieblingssessel und las einen ihrer neuerworbenen Krimis, als das Telefon klingelte. Judith legte das Buch zur Seite und griff zum Hörer.
„Schnell, mach den Fernseher an! Auf RTL. Wir sind in den Nachrichten.“ Hannelores Stimme überschlug sich fast.
Judith suchte nach der Fernbedienung. Es dauerte ein paar Sekunden, bis das Bild erschien und sie auf den richtigen Sender geschaltet hatte. Tatsächlich, wackelige Bilder, Amateuraufnahmen, wie der Sprecher betonte. Der Trödelmarkt, bevor ihn die Polizei geräumt hatte, der Stand, an dem der Mord geschehen war und undeutlich ein Körper am Boden. Dazu die Stimme des Sprechers, die von einem mysteriösen und unerklärlichen Mord auf dem Trödelmarkt in einer Stadt nahe der niederländischen Grenze berichtete. Der Beitrag war vorüber.

Danach kamen die neuesten Nachrichten vom Sport, Judith schaltete den Fernseher wieder aus.
„Hast du's? “, fragte Hannelore.
„Ja “, kam es von Judith zurück „das müssen die Typen mit der Videokamera gewesen sein. Dass die Polizei ihnen das Ding nicht abgenommen hat. Aufnahmen von einer Leiche, das muss ja nun wirklich nicht sein. Stell dir vor, die Familie sieht jetzt diese Bilder. Wahrscheinlich hat der Sender einiges dafür auf den Tisch gelegt.“
„Und wir waren auch im Bild?“, fragte Hannelore.
„Ja, ganz am Anfang. Du, ich nehme die Nachrichten der nächsten Stunde auf. Vielleicht senden sie den Film noch einmal.“
„Hast du das Bild gesehen?“, wollte Judith noch wissen.
„Welches Bild? Ach, du meinst diesen düsteren Schinken. Ich muss zugeben, darauf habe ich jetzt gar nicht geachtet.“
„Ich bin sicher, das Bild war nicht mehr da. Mir ist gar nicht aufgefallen, dass es verkauft worden ist. Eigentlich hätte uns doch auffallen müssen, wenn jemand das Riesenteil abgeschleppt hätte. Schon irgendwie komisch.“

Am Montagnachmittag waren die Stände endlich freigegeben. Die beiden Frauen räumten unter Mithilfe von Hannelores Mann den nicht verkauften Trödel in Kartons und transportierten ihn wieder nach Doverack, wo Hannelore in einem hübschen Einfamilienhaus mit sehr geräumigem Keller wohnte. Der Keller diente den beiden Frauen unter anderem als Lager für ihren Trödel.

Anschließend sahen sie sich das Video mit den Nachrichten an, das Hannelore aufgenommen hatte, und nun konnte sich auch Judith im Fernsehen bestaunen.
Judith hatte den Rest der Woche noch Urlaub, und so beschlossen die beiden Frauen, sich donnerstags auf einen Einkaufsbummel in der Stadt zu treffen. Sie parkten am Hückelhoven Center, durchstöberten die kleineren Läden, in denen Hannelore ein paar T-Shirts für ihre Zwillinge fand und Judith sich ein paar neue Schuhe gönnte.
„Komm, lass uns noch auf einen Sprung bei Leonidas vorbeigehen", schlug Judith vor.
„Na, vorbeigehen wohl weniger", erwiderte lachend Hannelore, „Ich glaube, wir gehen auch rein und gönnen uns was Gutes. Aber dann können wir auch gleich noch zum Gemüsehändler gehen. Meine drei Männer essen doch so gerne Austernpilze, und die sind bei unserem Türken am besten."
Die beiden Frauen gingen die Treppe hinunter zur Parkhofstraße. Im Pralinenladen wurden diverse kleine Tüten gekauft, und dann schlenderten sie weiter Richtung Gemüseladen.
Judith ergriff den Arm ihrer Freundin. „Du, ist das nicht der Typ, der das Bild kaufen wollte?" Tatsächlich war gerade ein älterer Mann, in schon etwas abgenutzter Kleidung, aus der Tür des Gemüseladens getreten. Eine Tüte am Arm hängend, ging er langsam mit gesenktem Kopf die Straße entlang.
„Lass uns ihm nachgehen", sagte Judith.
„Du hast sie nicht alle. Wir können hier doch nicht Nick Knatterton spielen. Wieso sollte der etwas mit unserem Mord zu tun haben? Der hat das Bild doch

gar nicht gekauft. Den haben wir nur einmal gesehen. Lass uns die Pilze kaufen und dann muss ich auch nach Hause."

„Du bist eine Spielverderberin. Der läuft doch sicher nicht weit. Ich will doch nur mal nachsehen, wo er hingeht. Dann können wir der Polizei ja von dem Bild und dem alten Mann erzählen."

„Na, die werden sich bedanken. Also gut, aber ich laufe mit meinen Tüten nicht quer durch die ganze Stadt."

Die Frauen folgten dem einsamen Fußgänger. Da er sich nicht umdrehte und langsam und gemächlich seines Weges ging, war dies nicht weiter schwierig. Ihr Weg führte sie langsam aber stetig den Hügel hinauf, vorbei an grünen Hecken und der St.-Barbara-Kirche, hinauf in die alte Zechensiedlung.

Dann bog der Mann in einen kleinen Weg neben einem der alten Häuser ein und verschwand.

Judith huschte hinterher und Hannelore folgte ihr, nicht ohne sich vorher kurz umzusehen, ihr begann die ganze Geschichte peinlich zu werden.

Es gab einen schmuddeligen Innenhof und einen Hintereingang. Die Tür war offensichtlich nur angelehnt.

„Was wollt ihr von mir?", erklang plötzlich eine Stimme hinter ihnen. Die beiden Frauen drehten sich erschrocken um. Hinter ihnen, in einer Hand ein Eisenrohr haltend, stand der von ihnen verfolgte Mann. Erkennen huschte über sein Gesicht: „Ihr seid vom Trödelmarkt. Ihr wisst es also. Los geht rein."

Eine energische Geste mit dem rostigen Eisenrohr wies ihnen den Weg durch die Tür. „Los, rein da!"

Judith ging rückwärts durch die Tür, Hannelore folgte

ihr zögernd. Aus dem hellen Sonnenlicht kamen sie in einen düsteren, schmuddeligen, mit alten, abgenutzten Möbeln vollgestellten Raum hinein. Es roch muffig. An eine Wand gelehnt stand ein großes, dunkles, kaum zu erkennendes Bild.

„Sie haben das Bild gestohlen und den Mann umgebracht", warf Judith der sie bedrohenden Gestalt entgegen.

„Es war meine Chance. Glaubt ihr, es macht mir Spaß, in diesem Loch zu leben? Wie oft bin ich über den Trödelmarkt gelaufen auf der Suche nach irgendeinem vergessenen Schatz. Und dann sehe ich dieses Bild. Ein Monet, ein Spätwerk, für einen Sammler ist es Millionen wert. Und dann dieser Ignorant, der nur den Rahmen für wertvoll hielt. Ich hatte keine 200 Euro, ich hätte es nicht kaufen können. Aber ich habe es mehr verdient als dieser Affe, der keine Ahnung hatte, was er da vor sich stehen hat. Und es war so einfach. Das Messer war vom Stand hinter seinem. Ich bin einfach durch die Reihe hinter ihm hinein, habe ihn erstochen und bin mit dem Bild auf dem gleichen Weg wieder hinaus. Keiner hat etwas gemerkt. Nur ihr. Was die Frage aufwirft: Was mache ich jetzt mit euch?"

Er sah sie an und schlug dabei das Rohr in die offene Handfläche. „Ich kann euch ja schlecht gehen lassen. Dieses Bild ist meine Fahrkarte zum ganz großen Glück. Das lasse ich mir nicht kaputt machen."

Er kam langsam auf die Frauen zu, als Hannelore plötzlich ihre Einkaufstüte hochriss und sie dem Mann mit aller Gewalt ins Gesicht schlug. Sie drängte sich an dem überraschten Mann vorbei und rannte laut

schreiend hinaus. Auf der Straße lief sie zwei Männern mittleren Alters in die Arme.
„Helfen sie mir! Judith ist noch da drin. Er will uns umbringen."
Die Männer zögerten nicht und liefen sofort mit ihr zurück. Der folgende Kampf war schnell und kurz. Am Ende fand sich der Bilderdieb am Boden wieder. Benommen von einem Kinnhaken, den ihm zum Schluss noch Judith verpasst hatte.

Abends saß Judith bei ihrer Freundin am Tisch, sie erzählten den gespannt lauschenden Zwillingen von dem Abenteuer, das sie erlebt hatten. Hannelores Mann schüttelte den Kopf: „Ihr wart beide ganz schön leichtsinnig. Das hätte ins Auge gehen können. Wenn ihr nicht sofort Hilfe gefunden hättet, wäre Judith vielleicht nicht mehr am Leben."
„Ich mach es auch bestimmt nicht wieder", versprach Judith mit der belegten Stimme, die man nach drei Gläsern Rotwein bekommt.
„War aber schon echt cool", meinten die Zwillinge wie aus einem Mund.

Kurt Lehmkuhl

Foulspiel im Übachtal

Geilenkirchener Zeitung
Montagsausgabe
Lokalsport
Spielbericht aus der Kreisliga B Heinsberg Staffel 3
1. FC Rheinland Übach-Palenberg II – VfR Übach-Palenberg II 0:0
In einem dürftigen Spiel trennten sich die beiden Mannschaften verdient unentschieden. Unrühmlicher Höhepunkt des ereignisarmen Derbys im Stadion Übachtal war der Platzverweis gegen einen Spieler der Gästemannschaft, nachdem er den Schiedsrichter attackiert hatte.

Wie mir der Tatort am Vorabend gefallen habe, wollte Staatsanwalt Meier von mir wissen. Es gehört schon zum Ritual am Wochenanfang, dass mein Freund montagmorgens mein Urteil über den TV-Sonntagskrimi erfahren will; quasi von Berufs wegen. Immerhin bin ich Richter am Amtsgericht in Geilenkirchen.
„Nicht besonders“, antwortete ich. „Der Fall war sehr konstruiert und die Lösung simpel.“
Ob denn der Liebhaber der Ehefrau der Täter gewesen sei, hakte Meier nach. „Du hast vielleicht mitbekommen, dass ich noch mal raus musste. Das Ende habe ich verpasst.“
„Zweimal ja“, lautete meine Antwort. „Der Liebhaber war der Mörder, und von deinem nächtlichen Aus-

flug habe ich gelesen. Was war denn? In der Zeitung stand nur eine kurze Notiz, dass man eine Leiche in einem Haus in der Zechensiedlung in Palenberg gefunden hat."

„Wahrscheinlich Mord. Allein lebender Mann, Mitte 50. Ist als Kfz-Mechaniker in einem Autohaus in Boscheln angestellt. Mit mehreren Messerstichen massakriert, Tatwaffe nicht auffindbar. Täter und Motiv unklar." Sachlich, knapp und nüchtern zählte Meier die Fakten auf. „Heute erfahre ich bestimmt mehr. Ich halte dich auf dem Laufenden."

„Ist gut", bedankte ich mich und beendete das Telefonat, „bis später." Die Verhandlung begann gleich. Humpelnd machte ich mich auf den Weg in den Gerichtssaal. Der Schlag gegen das Knie war wohl doch heftiger gewesen als zunächst gedacht.

„Na, großer Meister der juristischen Haarspalterei", begrüßte mich Hauptkommissar Schmitz in seiner flapsigen Art. Wie gewohnt trafen wir uns montagabends im Weydenhof in Palenberg, gewissermaßen auf neutralem Gebiet, wohne ich doch in Übach, Meier in Frelenberg und Schmitz in Scherpenseel. Gemeinsam mit Meier droschen wir dort allwöchentlich unseren Skat.

„Meier wird wohl nicht können, der hat eine dicke Nuss zu knacken", meinte Schmitz.

„Der Mord?"

„So ist es, alter Mann", bestätigte Schmitz, kein Jahr jünger als Meier oder ich. Wir hatten vor knapp 30 Jahren gemeinsam am Carolus-Magnus-Gymnasium das Abitur gemacht, waren während unserer unterschiedlichen Ausbildungen stets Freunde geblieben und hockten immer noch oder schon wieder in unserem Heimatort. Ich, Richter Scharf, der seinem Namen alle Ehre macht, Meier, der unerbittliche Staatsanwalt bei der Staatsanwaltschaft in Aachen, und Schmitz, der gewiefte Leiter der Polizeistation in Erkelenz.

„Kann sein, dass das Stress gibt für unseren Freund." Schmitz wartete, bis die freundliche Bedienung das Bitburger serviert hatte. „Nach unseren Ermittlungen könnte sein Sohn Michael an dem Mord beteiligt sein."

„Wieso?" Mein Interesse war geweckt.

„Da muss ich ein wenig ausholen", antwortete Schmitz. „Der Getötete ist Schiedsrichter und hat am Sonntagnachmittag ein Fußballspiel geleitet, in dem Meiers Sohn mitspielte. Der Knabe flog wegen Foulspiels vom Platz. Nach dem Spiel hat der Schiri dann im Spielbericht eingetragen, Michael soll ihm einen Kaugummi ins Gesicht gespuckt haben, als er ihm die rote Karte zeigte. Da ist Michael wohl ausgerastet, als er von der Eintragung hörte. Er würde, wenn der Schiedsrichter die Behauptung nicht zurücknimmt, ihn kalt machen, hat er unter Zeugen gesagt. Spucken bedeutet ein Jahr Spielsperre und damit wohl das Ende von Michael in der Mannschaft."

„Die Drohung reicht doch wohl nicht für einen Mordverdacht", wandte ich ein.

„Richtig. Aber meine Kollegen haben durch Zeugen festgestellt, dass Michael aus dem Haus des Opfers gekommen ist. Er ist in seinen Wagen gestürzt und davon gefahren."

„Was sagt er?"

„Michael leugnet nicht, in dem Haus gewesen zu sein. Der Mann habe tot über dem Schreibtisch gelegen. Da sei er erschrocken abgehauen, sagt er. Er habe den Schiri bitten wollen, die Eintragung zurückzunehmen. Auch schon wegen des Rufes der Familie. Sohn eines Staatsanwaltes droht Schiri mit Gewalt, die Schlagzeile fehlt uns noch."
„Und die Tatwaffe?"
„Davon wisse er nichts. Er ist abgehauen und will nur bei seiner Abfahrt gesehen haben, wie wenige Meter vom Haus entfernt ein Mann über den Gehweg gehumpelt sei. Doch wird diese Behauptung von Anwohnern nicht bestätigt."
Da schien sich etwas zusammenzubrauen, das uns allen nicht gefallen konnte, vermutete ich.
„Gibt es denn auch andere mögliche Tatverdächtige?", fragte ich. „Wer hat denn einen Vorteil aus dem Tod?"
Schmitz nippte am Pils. „Vorteile hat nur die Ehefrau des Opfers. Sie ist von ein paar Jahren ausgezogen und lebt mit einem dubiosen Vogel aus Norddeutschland zusammen. Sie kassiert die Lebensversicherung und das Haus."
„Was sagt sie denn?"
„Wir haben sie noch nicht erreicht", antwortete der Polizist und verstummte beim Blick zur Eingangstür. Von dort näherte sich Meier mit aschfahlem Gesicht.
„Was ist?", fragte ich besorgt, als er sich zu uns gesellt hatte.
„Das ist das Ende", stammelte er. „Wir haben die Tatwaffe gefunden. Sie lag unter dem Beifahrersitz in Michaels Auto."

Die Berichterstattung in den Tageszeitungen war zwar ausführlich, enthielt aber nicht die Fakten, die ich von Schmitz und Meier hatte. Dort war immer noch vom großen Unbekannten die Rede, der aus unerklärlichen Gründen das Verbrechen begangen habe. Der Bericht zitierte Meier, der davon sprach, man gehe zahlreichen Spuren nach.

„Bist du überhaupt noch im Geschäft?“, fragte ich ihn bei meinem Anruf. Immerhin ermittele er ja in der eigenen Familie.

„Offiziell nicht“, bestätigte mein Freund, „aber ich bleibe natürlich am Ball.“ Er hatte sich anscheinend nach dem Schock gestern Abend wieder gefangen. „Wenn mein Sohn sagt, er hat den Mann nicht umgebracht, dann glaube ich ihm.“

„Wer kommt denn sonst in Frage?“

„Kowalski“, antwortete Meier knapp.

„Wer?“

„Kowalski, der Lebensgefährte der Ehefrau.“

„Wie kommst du auf den?“

„Ganz einfach. Wir haben erfahren, dass Kowalski und die Frau in der Nacht von Samstag auf Sonntag im Hotel Jabusch in Geilenkirchen übernachtet haben. Angeblich sind sie auf der Durchreise in den Süden gewesen, haben sie an der Rezeption gesagt. Sie wollten nur etwas in Übach-Palenberg erledigen. Die Beiden wollten bis Montag bleiben, sind dann aber am Sonntagabend überstürzt abgereist. Wir haben Fingerabdrücke von Kowalski, einem mehrfach vorbestraften Einbrecher, im Haus des Opfers gefunden. Außerdem hinkt der Mann nach einer Hüftoperation. Das spricht dafür, dass er etwas weiß oder etwas im Haus getan hat.“ Meier schnaufte.

„Da bleibt natürlich noch die Frage, wie die Tatwaffe in Michaels Auto gekommen ist. Michael glaubt, er habe den Wagen nicht abgeschlossen. Es könnte nun sein, dass Kowalski das Haus durch den Vordereingang verließ, als Michael rechts am Haus vorbei in den Garten ging. Wie er sagt, hat niemand auf sein Klingeln reagiert, obwohl Licht brannte. Da habe er vom Garten aus versuchen wollen, auf sich aufmerksam zu machen." Es komme noch besser, fuhr Meier fort. „Die Tatwaffe, auf der sich außer dem Blut des Opfers keine verwertbaren Spuren finden, stammt aus Norddeutschland. Sie wird nur dort hergestellt und verkauft. Von unserer Familie war aber noch nie jemand in Norddeutschland."
„Und wenn Michael die Waffe im Haus gefunden hat?", gab ich zu bedenken.
„Glaube ich nicht. Oder glaubst du, er zieht sich erst Handschuhe an, nimmt dann die Waffe und ersticht den Schiedsrichter? Das passt nicht."
Wenn er Recht hat, hat er Recht, stimmte ich meinem Freund zu. Michael war viel zu sehr ein Hitzkopf, um derart planmäßig zu handeln. „Damit hast du also einen zweiten Tatverdächtigen."
„So ist es. Und wenn der zweite nur dazu dient, Zweifel an der Täterschaft meines Sohnes zu wecken."

Ob ich die Handynummer kennen würde, fragte mich Schmitz am nächsten Tag und nannte mir eine ellenlange Zahlenfolge.
„Nie gehört", antwortete ich. Obwohl ...
„Glaub' ich nicht", hielt Schmitz prompt dagegen. „Das ist die Rufnummer vom Handy deines Sohnes Thomas."

„Aha", sagte ich gedehnt, könnte sein. Wahrscheinlich hatte meine Frau für ihn den Handyvertrag unterschrieben. „Und was soll das?"
„Diese Nummer ist die letzte, die das Mordopfer am Sonntag am frühen Abend angerufen hat."
Ich dachte nach. „Was willst du mir damit andeuten?"
„Nichts", sagte Schmitz eilig. „Es würde mich nur interessieren, was dein Sohn mit dem Schiri besprochen hat. Vielleicht hatte der Mann sich ja auch nur verwählt."
„Du weißt, Thomas ist minderjährig. Bei aller Freundschaft, wenn du mit ihm sprechen willst, dann nur in meiner Gegenwart und nur mit meiner Erlaubnis."
Das fehlte noch, dass sich ein Kriminalpolizist in meine Familienangelegenheiten einmischte. Dann war ich bald wieder reif für einen Psychologen, um meinen mühevoll unterdrückten Jähzorn zu zäumen.
„Zu spät, du Schnecke", lästerte Schmitz. „Thomas war schon auf der Polizeiwache. Er glaubt, dass ihm am Freitag jemand das Handy gestohlen hat. Am Samstag hatte er es jedenfalls nicht mehr."
„Stimmt. Jetzt, wo du es sagst, es war wohltuend still im Haus. Nicht das ständige Geklingel." Mit dieser Entwicklung der Geschehnisse war ich durchaus einverstanden. „Und was sagt Thomas zu dem Anruf?"
„Dazu haben ihn die Kollegen in der Wache doch nicht befragt. Als er den vermeintlichen Diebstahl meldete, wussten sie doch noch nicht, dass der Schiri diese Handynummer gewählt hatte."
„Dann frage ich Thomas", schlug ich schnell vor. „Morgen sage ich dir Bescheid."

„Wusstest du, dass der Schiri pädophil war?“ Meier brüllte mir die Neuigkeit ins Ohr. „Das Schwein hat Jungen aus der Stadt und dem Umfeld am laufenden Band angequatscht und es mit ihnen getrieben.“ Einige Jungen hätten sich jetzt, nachdem er tot war, gemeldet und gleichlautende Aussagen gemacht.
„Da haben wir ja jetzt eine Sorge weniger“, kommentierte ich trocken.
„Das schon. Aber eine Aussage fehlt uns noch“, erwiderte Meier ebenso trocken, „die deines Sohnes. Kommst du mit ihm bei uns vorbei?“ Er legte eine Kunstpause ein. „Sorry. Aber ich glaube, da kommst du nicht umhin.“
Jetzt wurde es haarig. Da war es wohl an der Zeit, ein schweres Geschütz aufzufahren. „Wusstest du eigentlich, dass dein Sohn ein Lama ist?“ Bevor Meier die Frage verdaut hatte, fuhr ich fort. „Ich habe mich beim Training seiner Mannschaft gestern mal umgehört. Ich kenne den Trainer. Es war in der Tat so, dass Michael nach dem Schlusspfiff den Schiri angespuckt hat.“ Ein Jahr Sperre, ein Zeitungsbericht über die Spruchkammersitzung des Fußballkreises Heinsberg - das war nicht gut für den Ruf des Staatsanwaltes Meier; ebenso, wie es wenig gut für den Ruf meiner Familie war, wenn Thomas mit einem ermordeten Pädophilen in Verbindung gebracht wurde.

Am nächsten Tag schon schlug die Staatsanwaltschaft vor, den Fall als erledigt zu den Akten zu legen. Kowalski war mit seiner Freundin auf der Fahrt in den Urlaub in der Nacht zum Montag tödlich verunglückt. Im Wagen fand sich Diebesgut aus dem Eigentum des Ermordeten, unter anderem eine wertvolle Münzsammlung, von der nur wenige etwas wussten. „Wahrscheinlich ist er eingestiegen, hat den ahnungslosen Mann erstochen und bei seiner Flucht davon profitiert, dass Michael seinen Wagen nicht abgeschlossen hat."

„So könnte es gewesen sein", bestätigte ich nachdenklich.

„Nein", erwiderte Meier vehement. „So ist es gewesen!"

Ich gab ihm Recht. Was tut man nicht alles, um den eigenen Nachwuchs und den Ruf der Familie zu schützen?

Ich hatte ja allen Grund, dieses Ermittlungsergebnis zu begrüßen, obwohl es den tatsächlichen Mörder unbestraft ließ: mich. Ich hatte den Kerl getötet in einem Anflug von Wut und Ohnmacht. Thomas hatte am Freitag sein Handy auf der Anrichte liegen gelassen. Ich hatte es eingesteckt, aus erzieherischen Gründen. Am Sonntag hörte ich dann auf der Mailbox den Anruf ab. „Thomas, komme heute um 19 Uhr. Wenn du nicht kommst, sage ich deinem Vater von deinen Neigungen Bescheid." Das Display nannte den Namen des Anrufers. Ich fuhr am Abend zu ihm, nachdem sich meine Frau mit einer Freundin zu einem Theaterbesuch in Aachen aufgemacht hatte. Er lachte mich nur aus, als ich ihn zur Rede stellte und verwies mich des Hauses. Ich kam wieder mit dem Messer, das ich unlängst bei einer Tagung in Jever gekauft hatte. Er hat mich nicht bemerkt, als ich durch die Terrassentür ins Haus trat. Ich weiß nicht, wie oft ich zustach. Dieses perverse Schwein zerstörte das Leben meines Sohnes. Erst als ich die Türklingel hörte, ließ ich ab. Als ich flüchtete, stieß ich im Flur mit dem Knie gegen eine Kommode. Ich humpelte davon, nachdem ich das Messer im vor dem Haus geparkten Wagen versteckt hatte. Zu Hause sah ich mir den Rest des aufgezeichneten Tatorts an.

Zugegeben, ich habe einen Mord begangen, gewissermaßen ein Foulspiel der allerübelsten Art. Aber ich würde es niemals zugeben.

Ob ich mit meiner Schuld leben kann?

Könnten Sie es etwa?

Geilenkirchener Zeitung
Samstagsausgabe
Lokalteil
Richter gestorben

Mit Trauer und Bestürzung nimmt das Amtsgericht in Geilenkirchen Kenntnis vom Tod des Richters Scharf. Auf dem Weg von seinem Wohnort Übach-Palenberg nach Geilenkirchen ist der Jurist am Freitagmorgen aus noch ungeklärter Ursache mit seinem Pkw hinter dem Abzweig nach Muthagen von der Bundesstraße 221 abgekommen, über den Radweg geschleudert und frontal gegen einen Baum geprallt. Der Notarzt konnte nur noch den Tod des 50-jährigen Richters feststellen. Ein Fremdverschulden für den Unfall schließt die Polizei aus. Möglicherweise liegt ein technischer Defekt oder menschliches Versagen vor, heißt es in Polizeikreisen. Eventuell könnte der Richter aber auch einen Herzinfarkt am Steuer erlitten haben. Genauere Hinweise erwartet die Polizei von einer Obduktion.

Christian Fahlenbock

Zerbrochene Spiegelbilder

Requiem
Tyrann der Welt
Wenn der Vorhang fällt
Bist du mein Sklave
Im Zeichen des Todes

Angst vor dem Unbekannten
Wer ist der Totenkopfmörder?
Grausame Mordserie hält die Stadt in Atem
Gestern Abend wurde der Investmentbroker Manfred K. in seinem Haus brutal ermordet. Am Tatort fanden Polizeibeamte eine graue Totenkopfmaske. Es handelt sich dabei um die Visitenkarte des so genannten Totenkopfmörders. Eine Verbindung zwischen den zahlreichen Opfern liegt nach Ansicht der ermittelnden Behörden nicht vor.
Die Öffentlichkeit reagiert in zunehmendem Maße verunsichert.
Wer steckt hinter den Morden? Wer wird das nächste Opfer?

Von Nichtrauchern und Kleiderschränken

Gestank schlägt ihm entgegen. Als er den Tatort betritt, überwältigt ihn eine stechende Welle der Übelkeit.

Macht der Gewohnheit. Augenblicklich gleitet seine Hand in die linke Jackentasche. Als völlig unvermittelt eine Schachtel Marlboro zum Vorschein kommt, schütteln die Kollegen nur verständnislos mit den Köpfen.

„Eine Unverschämtheit. Doch nicht am Tatort, Sie Ignorant!“, schimpft jemand.

Verlegen lässt er die Sargnägel zurück in ihr Versteck gleiten. Sei's drum, denkt er, niemand ist perfekt.

Waldemar Heinze, stolzer Verfechter der Schule Epikurs, ist Kommissar, Genussmensch und Philosoph in Personalunion. Da vergisst man eben manchmal die heilige Allianz militanter Nichtraucher in diesem Land.

Unwillkürlich streicht er sich über den Bauch. Er hat in den letzten Jahren einige Kilos zugelegt. Käse und Rotwein, denkt er.

Teuflische Verlockungen.

Ein durchtrainierter Kleiderschrank mustert ihn abschätzig. Irgendwann rümpft er seine Nase, bevor er ihm widerwillig eine durchsichtige Plastiktüte in die Hand drückt. Darin befindet sich eine graue Totenkopfmaske. Das Markenzeichen des Täters.

Mysteriöse Botschaft

„Der Tathergang scheint derselbe zu sein wie bei den letzten Morden, Heinzi. Zuerst hat der Killer das Haustier des Opfers – in diesem Fall eine fette Bulldogge namens Tracy – erledigt. Danach ist er in das Zimmer eingedrungen, hat den Typen umgebracht, sämtliche Spiegel zertrümmert und die Maske am

Tatort platziert", doziert Dr. Michael Schubert in trockenem Tonfall.

Waldemar Heinze reagiert genervt auf die Verwendung seines Kosenamens. Schubert und er sind alte Klassenkameraden.

„Weißt du, du solltest mich wirklich nicht mehr…"

„Schon gut, Herr Kommissar", beschwichtigt der drahtige Mediziner und schenkt ihm ein verwegenes Lächeln.

Als Heinze das Zimmer betritt, knirscht etwas unter seinen Schuhen. Vorsichtig nimmt er die Überreste des geborstenen Spiegels von der Wand und mustert neugierig dessen Rahmen. Was ist das? Der Jäger in ihm ist erwacht. Jede Muskelfaser angespannt wie die Sehne eines Bogens. Dort! Hastig hingeworfene Buchstaben. Eine Botschaft: Erkenne dich selbst.

„Seltsam." Mit kreisenden Handbewegungen streichelt er über seinen Bauch. Das hilft ihm beim Nachdenken. Heinzes Verstand gleicht in diesem Augenblick einer Maschine, die unaufhaltsam vor sich hin rattert. Erkenne dich selbst … Erkenne dich selbst … Irgendwie ahnt er, dass er hier auf etwas Wichtiges gestoßen ist. Er weiß zwar noch nicht, was es bedeutet, aber vielleicht wird er es schon bald herausfinden. Diesmal hat er etwas Konkretes in der Hand. Diesmal wird er den Mistkerl zur Strecke bringen. Diesmal ist es soweit. Das spürt er.

Irgendetwas fehlt

Als Kommissar Heinze die Straße überquert, um in seinen zerbeulten Fiat Panda zu steigen, wäre er bei-

nahe von einem herannahenden Lastwagen überrollt worden. Laut fluchend gleitet er auf den Fahrersitz. Er jetzt bemerkt er, dass seine Kollegen auf die Motorhaube ein Pappschild mit dem Slogan „Free Heinzi“ geklebt haben. Sehr witzig.
Auf der Fahrt lässt er sich den Hinweis wieder und wieder durch den Kopf gehen. Er kommt damit einfach nicht weiter.
Bald ist er vollkommen in Gedanken versunken. Als sein Fiat ausrollt, bemerkt er einen grauen Briefumschlag auf dem Armaturenbrett. Wie kommt der denn dahin? Er greift danach, stößt die Tür auf und nähert sich seinem Haus.
Ein leises Klicken. Der Schlüssel dreht sich. Irgendetwas ist anders als sonst. Sein Hund …
Warum bellt er nicht? Verunsichert ruft er den Namen des Vierbeiners: „Rudi?“
Das Echo seiner Stimme verhallt im Flur. Der alte Rauhaardackel ist verschwunden. Seltsam, wo kann der verdammte Köter bloß stecken? Nach einer Weile geht ihm auf, dass der Briefumschlag immer noch in seiner Tasche steckt.
Als er ihn hervorzieht, durchfährt ihn ein Schlag. Vorne prangt unverkennbar das zynische Symbol eines grinsenden Totenkopfes. Darunter befindet sich ein Gedicht mit dem Titel „Requiem“. In diesem Augenblick realisiert Kommissar Heinze: Niemand anderes als er selbst wird das nächste Opfer des Totenkopfmörders. Was kann er tun? Seine Kollegen anrufen? Die halten ihn doch für verrückt. Nein. Er wird abwarten. Wenn er den Mörder alleine stellt, ihn heute Nacht dingfest machen kann, wird man ihm vielleicht endlich den Respekt entgegenbringen, der ihm ge-

bührt. Er, Kommissar Waldemar Heinze. Ein gemachter Mann. Ein Held.

Ist das ein Sarg?

Lautes Klirren. Heinze schreckt aus dem Schlaf. Was ist geschehen? Benommen erhebt er sich, torkelt durch den Irrgarten der Finsternis. Das Licht … funktioniert nicht. Na, toll. Mühsam ertastet er die Anrichte und fasst … ins Leere. Wo ist seine Pistole?
Auf Zehenspitzen verlässt er den Raum. Im Flur bemerkt er einen unbestimmten Luftzug. Glitzernde Reflektionen. Scherben eines zerbrochenen Spiegels. Großer Gott! Atemlos von Deckung zu Deckung huschend nähert er sich der Treppe. Eine plötzliche Bewegung. Im Mondlicht die unheimliche Fratze eine Totenkopfes.
Mit einem Hechtsprung rettet er sich die Stufen hinab, gerät ins Stolpern, rappelt sich auf. Ein weiter Satz. Letzte Schritte. Krachend fällt die Tür hinter ihm ins Schloss. Er muss sie noch verschließen. Endlich in Sicherheit. Dort! Der Sicherungskasten! Ein paar Handgriffe …
Als das Licht anspringt, erkennt er zunächst nur undeutliche Schemen. Ein bedrohlicher Umriss. Im Zentrum des Saals thront gravitätisch ein hölzernes Monument. Ist das etwa ein Sarg? Unvermittelt fühlt er sich an ein Set von Hitchcocks Psycho versetzt. Halb erwartet er, Norman Bates Mutter persönlich zu begegnen. Ein ächzendes Geräusch. Die Sargtür bewegt sich. Aus dem Inneren der Holzkiste verhöhnt ihn ein geborstener Wandspiegel. „Was zur Hölle …?

Wieder knallt es. Gesprungene Sicherung, Finsternis. Aus dem Nichts materialisiert sich ein bedrohlicher Schatten. Er hat es offenbar mit einem Wesen zu tun, das Wände durchdringt.
Schauriges Gelächter. Die Todesfratze ist umhüllt von einem Schleier unwirklichen Lichts. Groteske Inszenierung eines 50er Jahre B-Movies.
„Wer ist da?“, stottert Heinze.
„Du weißt es also immer noch nicht“, erwidert das Biest. Kehliges Gelächter. Ein kurzer Ruck. Die Maske segelt vor Heinze auf den Boden.
„Nein! Das kann nicht wahr sein!“
Gewaltige Fluten verschlingen ihn. Er, Kommissar Waldemar Heinze, ein Schiffbrüchiger in einem tosenden Meer undurchdringlicher Schwärze.

Retter in der Not

Langsam schlägt der Kommissar die Augen auf. Sein Schädel dröhnt. Die Flucht hat ihn bis an die Grenzen seiner Belastbarkeit getrieben. Heinze registriert, dass sein Freund Michael Schubert direkt neben ihm auf den Steinfliesen kauert.
„Was ist geschehen?“, fragte der kahlköpfige Mediziner verständnisvoll, wobei er sich unbeholfen mit der Imitation eines bekannten deutschen TV-Predigers versucht.
Ein stummes Flüstern: „Ich weiß es jetzt, Michael. Der Totenkopfmörder. Ich weiß, wer die Morde begangen hat. Ich weiß, wer es getan hat.“
Erschrocken reißt Schubert die Augen auf: „Mein Gott! Wirklich? Er war also hier? Der Maskenmann?

Und du sagst, du weißt jetzt, wer…?“
Stille. Die Luft um die Beiden flirrt in angespannter Erwartung.
„Ich. Ich bin es, Michael!“
Sein alter Freund schmunzelt, als hielte er das Ganze für einen Scherz. Einen Moment denkt er wohl, Heinze will ihn auf den Arm nehmen. Erst als dieser entschlossen den Kopf schüttelt und mit den Lippen leise das Wort „Nein“ formt, verwandelt sich Schuberts Miene in einen Ausdruck stummen Entsetzens: „Was? Das kann doch nicht wahr sein. Du? Erkenne dich selbst. Zerbrochene Spiegelbilder. Jetzt ergibt es … Schizophrenie?“
Die Andeutung eines Lächelns, das tiefe Dankbarkeit ausdrückt. Dann sackt Heinze bewusstlos in sich zusammen.

Doppeltes Spiel

Langsam steckt Schubert sein Handy zurück in die Jackentasche. Er hat seine Schuldigkeit getan. Heinze wird bald ein schönes Zimmer in der geschlossenen Anstalt einer angesehenen Psychiatrie erhalten. Bis hierhin hat alles perfekt funktioniert. Unwillkürlich lächelt er. Es ist ein kaltes Lächeln voller Hohn und Verachtung.
Einen Augenblick später wendet er sich ab, nähert sich ihrem Treffpunkt und erblickt schon bald den Mann, der Heinzes perfektes Ebenbild zu sein scheint. Er ist ihm vor einigen Wochen bei einem nächtlichen Streifzug durch Hamburg begegnet. Daraufhin hat die Idee, Heinze in seine Pläne einzuspan-

nen, allmählich Gestalt angenommen. Den Fremden, einen spielsüchtigen Autohändler namens Ted, für das Schauspiel zu gewinnen, war einfach. Quid pro quo. Eine Hand wäscht die andere. Das Schicksal wandelt eben manchmal auf unergründlichen Pfaden. Die Lösung all seiner Probleme auf dem Silbertablett. Fügung nennt man so was. Vielleicht aber auch einfach nur beschissenes Glück.
„Hast du dein Kostüm?“, fragt Schubert. Sie haben während der Inszenierung die Rollen getauscht. Er selbst hat Heinze in den Keller getrieben. Dort haben der Sarg und der zweite Maskenmann bereits gewartet. Eine klassische Falle. Im Inneren des Labyrinths lauert der Minotaurus.
„Habe ich“, murmelt der Fremde. „Wo ist mein Geld?“
Schubert nimmt die Worte des Doubles kaum wahr. Er verharrt in Gedanken, zelebriert seinen Triumph, indem er die ganze Szene noch einmal rekapituliert. Nachdem der Ermittler in die Fratze seines vermeintlichen Ebenbildes geblickt hat und in Ohnmacht gefallen ist, hat Ted die Kellertür von innen geöffnet. Zu zweit haben sie den Sarg die Treppe hoch geschafft, ihn auf den Anhänger seines Vans gehievt und mit einer Plane abgedeckt. Gerade rechtzeitig ist er zurück und hat sich, den Ungläubigen spielend, Heinzes Geständnis zu Gemüte geführt. Welch eine Ironie. Es ist so einfach gewesen. Fast schon zu einfach.
„Wo ist mein Geld?“, wiederholt der fette Autohändler. Teds öliger Bass reißt Schubert aus seinem Tagtraum.
Mit fester Stimme verkündet er: „In meinem Van, Kumpel. In meinem Van.“

Kehliges Gelächter. Als sie sich gemeinsam dem Fahrzeug nähern, zückt Schubert ein in Chloroform getauchtes Tuch. Bevor der Gebrauchtwagenhändler die Beifahrertür öffnet, greift er zu und betäubt ihn.
Die ganze Aktion dauert nur wenige Sekunden. Keuchend hievt er den schweren Körper auf seine Rückbank. Ted wird schon bald in den Fluten des Rheins verschwunden sein. Ein weiterer namenloser Kadaver. Aufgequollen bis zur Unkenntlichkeit, sodass die Verbindung zu Heinze nicht einmal mehr zu erahnen ist. Kein Mordmotiv, kein Mörder.
Er hat gewonnen.
Doch was ist das? Plötzlich fühlt er den Lauf einer Pistole in seinem Nacken. Von irgendwoher der trockene Kommentar: „Die Kellertür war von innen verschlossen. Wie bist du hineingelangt, ohne sie aufzubrechen?“

Antworten

„Warum?“ Heinzes Stimme klingt gepresst. Er fühlt sich schuldig, seinem besten Freund die Frage stellen zu müssen.
„Es ist einfach so, Waldemar… Alle Opfer des Maskenmanns waren Typen, die mich irgendwann in meinem Leben gelinkt haben. Ohne diese Schweine wäre ich bereits ein gemachter Mann“, erwidert der Mediziner. Verachtung trieft aus seinen Worten wie Gift aus den Zähnen einer sich windenden Kobra. Heinze kennt diese Seite seines Freundes nicht und er will sie nicht kennen. Die Art und Weise, wie Schubert über Menschenleben urteilt, erschüttert

ihn. Trotzdem versucht er, sich in ein Kleid meditativer Gelassenheit zu hüllen. Ein Trick aus der buddhistischen Lehre. Der Mensch ist nicht mehr als ein Staubkorn im Getriebe des Universums. Diese Zeile wiederholt er wieder und wieder in seinem Geist.
„Manfred Klaubert?" Der Schuss trifft den Mediziner vollkommen unvorbereitet. Tränen glitzern in seinen Augen.
„Diese Ratte von einem Investmentbroker hat den Großteil meines Vermögens verspielt! Aktien, Shareholder value und der ganze Börsen-Mist. Die Idee, in amerikanischen Immobilien zu investieren. Großartig! Den Rest kannst du dir denken. Die Welt ist ohne dieses schmierige Arschloch wirklich besser dran."
Heinze zittert am ganzen Leib. Schuberts Verwandlung geht ihm sehr nahe. Trotzdem ist es seine Pflicht, die Namensliste auf seinem Schoß Stück für Stück abzuarbeiten. Das würde er auch tun, wenn Mutter Theresa persönlich vor ihm säße und unter Tränen ihre Unschuld beteuerte.

Ritter von der traurigen Gestalt

Im Büro trifft ihn fast der Schlag. Dutzende Kollegen klatschen. Andere rufen laut seinen Namen. Auch Kleiderschrank wartet geduldig und streckt ihm widerwillig seine behaarte Pranke entgegen.
„Gute Arbeit!"
Waldemar Heinze ist der Mann der Stunde. Hände werden geschüttelt, Glückwünsche ausgesprochen.
Nachdem der Trubel verebbt ist, lehnt er sich gemütlich zurück und genießt die Stille. Ein Neubeginn. Er

fühlt sich wie Siegfried nach seinem Bad im Drachenblut. Zur Feier des Tages öffnet er sein glänzendes Zigaretten-Etui. Ein verschmitztes Lächeln, als er im silbernen Metall sein eigenes Spiegelbild erkennt.

Zum ersten Mal seit vielen Jahren kann er es betrachten, ohne sich dafür zu schämen.

Gerd Grunewald

Missverständnis

Ihre Betreuer bleiben etwas zurück, als sich die Heiligen Drei Könige würdevoll am Stall vorbei auf den Vorbau des Fachwerkhauses zu bewegen. Im Krebsgang zwängen sie sich zwischen Stallwand und einem olivgrünen Jeep Patriot hindurch, um ihre kostbaren Gewänder nicht zu verschmutzen. Caspars und Melchiors Umhänge zierten vormals sicher einmal Fenster, Balthasar schreitet stolz in einem ausgemusterten Messgewand daher.
„Jetzt darf ich aber mal klingeln!“ Caspar, der im richtigen Leben Kevin heißt und erst vor wenigen Tagen zehn geworden ist, drängelt nach vorn und streckt seine Hand in Richtung Klingelknopf aus. Erschrocken hält er mitten in der Bewegung inne, als aus dem Inneren des Hauses eine laute Männerstimme tönt: „Schluss der Debatte. Ariel, geh auf dein Zimmer! Du hast Stubenarrest! Basta!“
„Ich will aber mit! Du hast es versprochen. Ich darf mit. Bambis schießen“, kreischt eine Kinderstimme.

Etwas ratlos rückt Caspar seine goldfarbene Krone aus Pappmaschee zurecht und blickt fragend auf seine Königskumpel. Alle drei zucken nur hilflos mit den Schultern und drehen sich Hilfe suchend nach den am Straßenrand wartenden Betreuern um. Diese nicken ihnen mit einer Mischung aus Wohlwollen und Aufmunterung zu. Einer stellt pantomimisch das

Drücken eines Klingelknopfes dar. Caspar hat jedoch seinen hoheitlichen Mut erst einmal verloren und tritt einen Schritt zurück. Den Besenstiel, an dessen Ende ein mit Goldfolie bezogener Pappstern befestigt ist, hält er so fest umklammert, dass seine Knöchel auf dem Handrücken weiß hervortreten. Balthasar wendet den Kopf zur Seite und zischt: „Vicky!".

Victoria, heute König Melchior, erweist sich als mutigste der Hoheiten, schiebt Balthasar beherzt zur Seite und drückt den Klingelknopf.
Ding – Dong.
Ruhe.
Ding – Dong. Vicky hat ein zweites Mal gedrückt.

Die Tür öffnet sich langsam und ein Mann in grüner Jägermontur blickt auf die Bonsai-Könige herab. Dann dreht er sich kurz zu Seite und stellt seinen Rucksack und sein Gewehr hinter sich neben die Anrichte im Flur. Mit wohlwollendem Lächeln wendet er sich wieder den Besuchern zu. Diese atmen noch einmal schwer durch, heften ihre Blicke auf die Rückseite von Caspars goldenem Stern, an dem der Liedtext befestigt ist, und singen dann voller Inbrunst: „Sie gingen in das Haus hinein, – Haus hinein / und grüßten das Kind und die Mutter sein. / Halleluja. Halle …"

„Was macht ihr da?" Der fünfjährige Ariel schiebt sich an seinem Vater vorbei und baut sich vor den Sängern auf.
Gerade einmal vor knapp zwei Stunden und keinen Kilometer entfernt hatte Pfarrer Werner Seemann sie

im Rahmen eines Gottesdienstes in der Kirche von Dalheim-Rödgen auf ihre Mission vorbereitet. Mit gewichtiger Mine setzt Caspar, der seinen Mut inzwischen wieder gefunden hat, zu einer Erklärung an: „Wir sammeln für ein Waisenhaus ...“. Weiter kommt er nicht.
„Moment!“, fährt Ariel dazwischen, zwängt sich durch Vaters Beine und stürmt zurück in den Flur. Sekunden später zerreißt der gellende Aufschrei einer Frau die Stille, dann peitscht ein Schuss durchs Haus. Dann ein zweiter. Ungläubig starrt der Hausherr erst auf die plötzlich rot besprenkelten kleinen Majestäten vor ihm, dann auf seine Brust hinab, die nicht mehr grün, sondern blutrot glänzend ist. Dann fällt er vornüber zwischen die schreckstarren Kinder.
Fröhlich lächelnd, das Gewehr seines Vaters noch in seinen kleinen Händen, steigt Ariel über die Leiche hinweg, geht auf die Kinder zu und ruft: „So, jetzt könnt ihr mich mit ins Waisenhaus nehmen.“

Die Betreuer stürmen gerade die Treppen zu ihren Schützlingen hinauf, als Vicky ein Stück Kreide aus der Tasche zieht. Unendlich langsam schreibt sie mechanisch die Buchstabenformel „c + m + b“ neben die Haustür: „cristus mansionem benedict“ - Christus segne dieses Haus.

Heidi Hensges

Liebe, Tod und Zweifel

Mein Name ist Celine. Und das ist meine Geschichte.

Es war im März, als sie in Heinsberg diesen Vergewaltiger suchten. Ich traute mich abends nicht aus dem Haus, schon gar nicht in die Disco. Um woanders hinzufahren, fehlte mir das Geld, mein Gehalt reichte gerade so für die Miete und das Alltägliche. Eine Kollegin, die einzige, mit der ich mich einigermaßen gut verstand, erzählte mir von Second Life. Sie war dort viel unterwegs und fand es toll. Es ist ganz anders als ein normaler Chatroom. Nein, kein Spiel. Viel mehr. Eine künstliche dreidimensionale Welt. Es gibt kein Ziel, jeder kann machen, was er möchte. Dinge erstellen oder so etwas. Virtuelle Städte besuchen, Clubs. Chatten natürlich auch, oder Live-Konzerte hören. Man hat eine Figur, einen Avatar. Er kann so ähnlich aussehen wie man selbst. Oder ganz anders. Die haben da auch eine eigene Währung, wie richtiges Geld. Damit kann man virtuelle Sachen kaufen. Alles sehr komplex. Ich war skeptisch, klar. Man hört ja so viel. Meine Kollegin half mir in den ersten Tagen ein wenig, zeigte mir die interessantesten Orte. Bald stellte ich mir vor, dass ich mich selbst dort bewege und nicht mein Avatar. Das machte Riesenspaß und war viel spannender als das übliche Chatten.

Ungefähr eine Woche später begegnete mir dieser männliche Avatar in einer beliebten Bar, die ich schon kannte. Eigentlich wollte ich nur ein bisschen Musik dort hören und meine Ruhe haben. Er schickte mir Nachrichten, war sehr charmant und nett. Ich unterhielt mich länger mit ihm. Es wurde ein sehr intensives Gespräch. Dann nahm er mich mit zum Shoppen. Er kaufte mir einen neuen Look, also meinem Avatar. Ein Ballkleid, eine neue Frisur, Schuhe, alles. Ich hatte keine Ahnung, warum er das tat. Es sah fast so aus, als hätte er einen Deal mit mir vor.
Er schrieb: Ich möchte dein Freund sein, hier in Second Life. Ich fragte ihn: Mein Boyfriend? Er lachte, meinte, das ginge ihm zu schnell. Ich wurde verlegen. Mit virtuellen Liebesgeschichten hatte ich keine Erfahrung.

Zwei Tage später. Er schickte mir Nachrichten, schrieb: Ich kann nicht aufhören, an dich zu denken. Lass uns diese Beziehung vertiefen. Von diesem Moment an verbrachten wir jede freie Minute in SL gemeinsam, an den Wochenenden bis zum frühen Morgen. Wenn unsere Avatare miteinander tanzten, fühlte es sich an, als wäre es real.
Er erzählte mir, dass er beim Militär sei, auf einer Militärbasis arbeite, eine hohe Position habe. Top Secret, High Security und so. Sein Avatar hieß Mitch. Wegen der hohen Sicherheitsvorschriften dürfe er mir seinen richtigen Namen noch nicht nennen. Deshalb könnten wir auch nicht telefonieren. Ich glaubte ihm. Alles, was wir für uns hatten, war Second Life - und Emails.

Wir schickten uns Liebesbriefe und -gedichte, jeden einzelnen Tag. Er erzählte, er stamme aus einer wohlhabenden Familie, käme aus Norddeutschland, wohne dort auf dem Anwesen seiner Eltern. Dass er 29 Jahre alt sei, im August seinen 30. Geburtstag habe und dann die Militärbasis verlassen wolle.
Er stellte mich in SL seiner jüngeren Schwester Nelly und seinem besten Freund Thomas vor. Erzählte mir, die beiden seien ein Liebespaar im richtigen Leben. Wir verbrachten zu viert manchmal Zeit miteinander in SL. Nelly mochte mich nicht besonders.

Thomas erzählte mir, Mitch sei ihm sehr wichtig. Er würde alles für ihn tun in dem Fall, sollte ihm jemals etwas zustoßen. Die Art und Weise, wie er das sagte, verursachte mir Gänsehaut.

Mitte April, drei Tage vor meinem 25. Geburtstag, war Mitch drei Tage lang nicht online und beantwortete meine Emails nicht. Ich war traurig, bekam Angst, wollte Nelly und Thomas fragen, aber sie waren nicht da. An meinem Geburtstag tauchte Mitch wieder auf, erzählte mir, dass sein Computer Probleme gemacht habe. Er sei fast verrückt geworden, wollte tags zuvor die Militärbasis verlassen, um mich an meinem Geburtstag persönlich zu überraschen, konnte aber nicht. Ich war sehr berührt deswegen.
Nach diesem Tag sagte er mir sehr oft, dass ich mich nicht sorgen solle, seinetwegen. Dass er mich immer lieben würde, auch wenn er nicht bei mir sei oder manchmal nicht in SL sein könne. Dass wir uns im September im realen Leben sehen würden, wenn er sein Projekt beendet habe, und dann wären wir fest

zusammen. Er arbeitete wie ein Verrückter, um den Termin einhalten zu können. Nahm Aufputschmittel und machte 16-Stunden-Schichten, um so schnell wie möglich seine Angelegenheiten zu erledigen. Ich warnte ihn, sagte, dass das so nicht richtig sei. Aber er lachte, sagte: Sorg dich nicht, ich bin jung und schaffe das.

Unsere Onlinebegegnungen waren in dieser Zeit kurz und flüchtig. Er war immer sehr müde. So auch an einem Mittwoch. Wir verabredeten uns für die kommende Freitagnacht. Aber er erschien nicht, schickte keine Email. Am Samstag nahm ich Kontakt zu Thomas auf. Ihm ging es wie mir, auch er hatte nichts von Mitch gehört, machte sich Gedanken. Am nächsten Tag fuhr Thomas zu Mitchs Eltern, um herauszufinden, was los war. Sie waren auf Geschäftsreise in Asien, sagte er, aber das Hauspersonal hatte erzählt, dass jemand vom Militärbüro angerufen habe. Mitch sei im Militärkrankenhaus. Ich drehte vor Sorge fast durch. Thomas wollte auf die Rückkehr von Mitchs Eltern warten.

Drei Tage später schrieb er mir, dass Mitch eine Gehirnblutung erlitten habe. Man hatte ihn leblos im Büro aufgefunden. Sie mussten ihn wiederbeleben, und er werde jetzt künstlich beatmet.

In den zwei Wochen danach haben Thomas und ich viel miteinander kommuniziert. Ich weinte mir die Augen aus, fragte ihn ständig, wie es Mitch ginge. Doch Thomas hatte keine Neuigkeiten für mich. Ich spürte, dass ich nie den echten Kuss werde erleben dürfen, den Mitch mir an einem sehr romantischen Abend in unserem virtuellen Zuhause beschrieben hatte.

Es war ein Montag, als ich erneut eine Email von Thomas erhielt. Mitchs Zustand hatte sich verschlechtert, es gab kaum noch Hoffnung. Thomas berichtete mir auch, dass Nelly mich bei Mitchs Eltern schlecht gemacht habe. Nelly gäbe mir die Schuld für Mitchs Zustand, dass er meinetwegen so hart gearbeitet habe und deshalb jetzt um sein Leben kämpfen müsse.

Ich fühlte mich immer stark, aber dieser Satz hat mich zerbrochen.

Ich wusste nicht, was ich tun sollte. Dachte Tag und Nacht nur noch an Mitch, fand keinen Schlaf mehr, konnte nicht arbeiten gehen. Meine Kolleginnen wussten von nichts. Ich behielt solch persönliche Dinge für mich, es ging sie nichts an.
Dann, nach einer Woche, kam die letzte Nachricht von Thomas. Er schrieb, dass Mitch gestorben sei. Er könne mir nicht mitteilen, wann und wo die Beerdigung sei. Ich solle mich immer an die wunderbare Zeit mit Mitch erinnern und müsse lernen, damit zu leben. So wie er und Nelly. Er wolle sich jetzt um Mitchs Emails kümmere und auch bald seine Second-Life-Geschäfte weiterführen. Das und vieles andere mehr sei er ihm schuldig.
Ich schrie vor Trauer und Verzweiflung. Flehte ihn an, Mitchs Avatar abzumelden. Es wäre sinnlos, ihn weiterleben zu lassen. Aber er ist immer noch da.

„Wie geht's eigentlich Celine?"
„Sie ist noch krankgeschrieben. Gott sei Dank, endlich Ruhe in der Abteilung. Da haben wir ganze Arbeit geleistet."
„Kann ich Mitch löschen?"
„Warte noch ein bisschen. Je länger, umso besser, Schatz."

Rosemarie Fahlenbock

Es holt dich ein...

Der Schneefall war heftiger geworden. Als er ankam, waren es nur wenige, leichte Flocken gewesen, die sanft vom Himmel fielen. Er wartete bereits seit einer halben Stunde und befürchtete fast, der andere würde nicht kommen. Die Kälte ließ ihn zittern, er zog die Jacke fester um seinen Körper und schlug den Kragen noch höher. Anders als am Tage war es still an diesem Ort. Die Dunkelheit kam ihm mit einem Male beängstigend vor. Er musste sich aufwärmen und sich von seinen düsteren Gedanken ablenken. Darum gab er sich einen Ruck und ging etwas beherzter ein Stück auf den Waldrand zu. Er war in seinem bisherigen Leben nie ein furchtsamer Mann gewesen.
Der Schnee knirschte leise unter seinen Füßen. Als Kind hatte er das Gefühl geliebt, als erster seine Fußabdrücke in der weißen Pracht zu hinterlassen und er war sich wie ein Eroberer vorgekommen, der ein unbekanntes Land betritt. Aus einiger Entfernung hörte er das Geräusch eines herannahenden Wagens. Da war er endlich! Lange hatte er darauf gewartet, ihn wieder zu sehen. Er beobachtete, wie der Wagen langsam auf den Parkplatz fuhr und dort seine Reifenspuren hinterließ. Bald würden sie nicht mehr zu sehen sein. Der Motor wurde abgestellt und die Lampen am Fahrzeug erloschen. Obwohl der Himmel mit dichten Wolken verhangen war, konnte er die Umrisse des anderen erkennen und beobachtete

gespannt, wie er die Wagentür auf der Fahrerseite öffnete. Es schien, als bereite es ihm Mühe, einfach auszusteigen. Sie waren eben beide nicht mehr jung. Obwohl er ihr Treffen kaum hatte erwarten können, trat auch er nur zögernd aus dem Schutz der Dunkelheit. Der andere hatte ihn bemerkt und kam langsam auf ihn zu, bis sie sich direkt gegenüber standen.
„Es ist lange her“, sagte der andere.
„Ja“, sagte er.

Annette Steinbach ließ die Tür hinter sich zufallen und drehte den Schlüssel einmal um. Als sie ihn aus dem Schloss zog, fiel er herunter und in den Schnee, der die Treppe vor ihrem Haus bedeckte. Sie hatte mit diesen Handschuhen einfach kein Gefühl. Aber warm waren sie und das war die Hauptsache. Bei minus acht Grad in der morgendlichen Dunkelheit und mit einem ungeduldig zerrenden Hund an der Leine, der sein Geschäft am liebsten sofort und hier erledigt hätte, fragte sie sich wieder einmal, warum sie sich darauf eingelassen hatte. Ihre Freundin Sabine musste eine Kur antreten und hatte ausgerechnet sie gebeten, auf Watson in dieser Zeit aufzupassen. Watson war ein reinrassiger Australian Shepherd und wurde von seiner Besitzerin geradezu vergöttert. Die Instruktionen zur perfekten Betreuung und Erziehung des Tieres wurden ihr von der Freundin allabendlich telefonisch übermittelt. Sabines Mann sah die Sache nüchterner und hatte ihr Watson vor einer Woche sang- und klanglos vorbeigebracht. „Du weißt ja Bescheid und, äh, ich kann ja nicht selbst … die Geschäfte … Sabine ruft dich an“, und weg war er. Das Brimborium

um einen gewöhnlichen Hund war Annette ohnehin schleierhaft.
In ihr Schicksal ergeben, zog sie Watson energisch in Richtung Bürgersteig. Sie gingen die Hauptstraße entlang und kamen an der im Jahre 1846 erbauten Dorfkirche St. Cornelius vorbei, die wirklich sehenswert war mit ihren Wandmalereien und dem wertvollen Barockaltar. Seit sie vor fünf Jahren in den Geilenkirchener Ortsteil Grotenrath gezogen war, hatte sie sich bei ihren eher seltenen Kirchenbesuchen immer wieder darüber gewundert, dass die Flügel der beiden Engel, die rechts und links ganz oben am Altar angebracht waren, jeweils in die gleiche Richtung zeigten. Es störte Annettes Empfinden für Symmetrie. Vielleicht war es Absicht des Künstlers gewesen oder einfach nur dumm gelaufen.
Sie bogen in die Waldstraße ein, kamen vorbei am Jägerhof, der Dorfgaststätte, und liefen bis ins freie Feld in Richtung Wald. Es gab in Grotenrath nicht mehr viele landwirtschaftliche Betriebe. Einige der ehemaligen Höfe waren von Pferdeliebhabern gekauft und sehr schön umgebaut und restauriert worden. Weil sich das Dorf mittlerweile einen Namen als Pferdedorf gemacht hatte, war sogar schon einmal in der WDR-Lokalzeit darüber berichtet worden.
Eigentlich hatte Annette wegen der Kälte nur eine kleine Runde machen wollen, doch zog Watson sie mit aller Macht immer weiter in Richtung des großen Waldparkplatzes. Die Teverener Heide war einer der Hauptanziehungspunkte der Besucher. Das weithin bekannte Naturschutzgebiet bot bei Spaziergängen Erholung und interessante Ausblicke. Beim Wandern durch den Wald führte der Weg vorbei an

Hochmooren und einer Vielfalt geschützter Pflanzenarten. Annette vernahm das Rauschen von Flugzeugtriebwerken. Daran hatten sich die Dorfbewohner bereits seit langem gewöhnt. Die Nato-Air-Base lag in unmittelbarer Nähe. Die Maschinen der Awacs sorgten mit ihren Flügen für die Luftaufklärung. Es war in den anliegenden Gemeinden, besonders auf der niederländischen Seite, bereits des Öfteren zu Protestkundgebungen wegen des Fluglärms und der Kerosinbelastung gekommen.

Langsam wurde es heller und Annette dachte bei sich, dass es eine Unverschämtheit mancher Zeitgenossen sei, ihre blauen Müllsäcke einfach irgendwo in der Natur zu entsorgen. Da vorne an dem hölzernen Unterstand lag schon wieder so ein Beispiel für menschliche Gedankenlosigkeit.

Irgendwie gebärdete sich Watson heute eigenartig. Der Hund winselte und zerrte an der Leine. Als sie nahe genug herangekommen waren, glaubte Annette ihren Augen nicht zu trauen. Was sie eben noch für einen Müllsack gehalten hatte, war eine männliche Gestalt in einer blassblauen Winterjacke. Sie lag direkt an einem Pfosten der Hütte und war zur Seite weggekippt. An dem Pfosten klebte eingetrocknetes Blut. Soweit Annette beurteilen konnte, hatte der Mann eine Wunde am Hinterkopf, an der das Blut ebenfalls schon eingetrocknet war. Seine dezent karierte Schirmmütze war vom Kopf heruntergerutscht und lag mit der Innenseite nach oben weisend neben ihm. Er trug einen hellen, kurzen Fleece-Schal und dunkelbraune Schuhe mit durchgehenden Gummisohlen. Bei dem Toten handelte es sich eindeutig um einen älteren Mann. Annette schätzte ihn auf etwa

80 Jahre. Die Szene wirkte irgendwie unwirklich. Die Unschuld der verschneiten Landschaft und der Tote passten nicht zueinander.
Annette löste sich aus ihrer Erstarrung, sie suchte nach ihrem Handy. Sie musste die Polizei verständigen! Ausgerechnet heute hatte sie es nicht dabei. Da hier sowieso jede Hilfe zu spät kam, lief sie, so schnell es ging, zurück ins Dorf. Watson fand ihre Eile wohl sehr spaßig und glaubte, es sei ein neues Spiel. Er rannte, was das Zeug hielt. Endlich zu Hause angekommen, lief Annette zum Telefon und wählte die Nummer der Polizei.
Kurze Zeit später war der Fundort der Leiche weiträumig abgesperrt. Ein beachtliches Aufgebot an Polizeibeamten mit ihren Einsatzfahrzeugen hatte sich eingefunden und auch die ersten Pressevertreter und Neugierigen waren schon vor Ort. Sie wurden allerdings nicht nahe genug vorgelassen, um sich ein genaues Bild zu machen.
Annette war den ganzen Tag über kaum zur Ruhe gekommen. Ihre Aussage wurde aufgenommen und protokolliert. Sie sollte sich für weitere Fragen zur Verfügung stellen. Ständig standen die Leute von der Presse vor ihrer Tür und wollten ihre Schilderung der Ereignisse für ihr Blatt hören. Das Telefon stand kaum still, nachdem bekannt geworden war, dass sie die Leiche gefunden hatte. Der WDR meldete sich, um einen Beitrag in der Lokalzeit zu bringen, und wollte dafür ein Interview mit ihr machen. Ziemlich erschöpft hatte es sich Annette am Abend in ihrem Wohnzimmer vor dem Fernseher gemütlich gemacht. Sie nahm die Fernbedienung und schaltete den WDR ein. Gleich zu Beginn würde in der Aktuellen Stunde der Bericht

über die Ereignisse gesendet werden. Ausgerechnet jetzt klingelte das Telefon wieder. Hoffentlich war es nicht Sabine, die von der Sache gehört hatte und die nun in Sorge um ihren Hund und natürlich voller Stolz über die außergewöhnliche Leistung ihres Vierbeiners ein stundenlanges Exklusivgespräch mit ihr führen wollte. Annette nahm den Hörer ab und meldete sich genervt mit „Ja, Steinbach."

Zu ihrer Überraschung war am anderen Ende der Leitung nicht Sabine, sondern Helma Bartel, die mit den Jahren eine wirkliche Freundin und Vertraute geworden war. Helma war auch eine „Zugezogene", allerdings lebte sie schon seit über zehn Jahren mit ihrem Mann und ihren beiden Kindern hier. Gemeinsam engagierten sie sich bei den verschiedenen Institutionen der Ortsgemeinschaft und wurden darum auch von den älteren Einwohnern inzwischen akzeptiert.

„Du, Annette, ich hab das eben von der Leiche im Wald gehört und dass du sie gefunden hast. Kann ich kurz vorbeikommen? Gleich kommt doch die Lokalzeit und wir könnten uns gemeinsam den Bericht anschauen."

Annette fühlte sich in Helmas Nähe immer wohl und sagte erfreut: „Klar, wir zwei machen uns heute einen schönen Abend. Ich hab eine Flasche Rotwein aufgemacht. Bis gleich."

Als Helma eintraf, hatte der Bericht gerade angefangen. Ein Beamter des Heinsberger Kommissariats berichtete sachlich über die Ereignisse. Die genaue Todesursache stand zum jetzigen Zeitpunkt noch nicht fest. Man ging jedoch von einem Tötungsdelikt aus. Genaueres werde zu einem späteren Zeitpunkt bekannt gegeben. Mittlerweile habe man die Identität des Mannes klären können, obwohl er keinen Ausweis oder andere Dokumente bei sich gehabt hatte. Der Mann sei Bewohner eines Seniorenheimes im Heinsberger Ortsteil Waldenrath und habe gestern Abend gegen 19.30 Uhr noch ein Taxi für sich bestellt, um einen Bekannten zu besuchen, mit dem er verabredet sei. Der Nachtdienst habe erst gegen Morgen bemerkt, dass der 83-Jährige, der körperlich und geistig noch recht rüstig gewesen sei, noch nicht ins Heim zurückgekehrt war. Normalerweise sei es üblich, sich beim Nachhausekommen beim Nachtdienst zurückzumelden, damit man sich keine Sorge über das Verbleiben machen musste. Der Verstorbene hatte sich allerdings schon des Öfteren über diese Absprache hinweggesetzt und daher war auch zunächst nicht aufgefallen, dass er noch nicht in seinem Zimmer war. Erst am frühen Morgen war sein Fehlen bemerkt worden. Dies sei jedoch nicht ungewöhnlich, da der Mann das Pflegepersonal mehrfach nachdrücklich darum gebeten habe, ihn in seiner Nachtruhe nicht zu stören. Nachdem man zunächst das Haus selbst und dann die nähere Umgebung nach ihm abgesucht habe, sei die Polizei über das Verschwinden des Mannes informiert worden. Kurze Zeit später war bereits die Nachricht über das Auffinden eines Toten, auf den die Beschreibung des Vermissten gepasst habe, in der Zentrale eingegangen.

„Du, ich glaub's nicht!", rief Helma urplötzlich ganz aufgeregt, als ein Foto des Verstorbenen eingeblendet wurde. „Den kenn' ich. Das ist doch der Herr Hinrichs!"

„Welcher Herr Henrichs?“, fragte Annette neugierig. Helma berichtete ihr atemlos, dass sie in dem Seniorenheim in Waldenrath als ehrenamtliche Helferin jeden Donnerstagnachmittag für die alten Menschen verschiedene Freizeitbeschäftigungen anbot. Annette erinnerte sich, dass sie ihr ein paar Mal davon erzählt hatte und sie ihre Freundin für ihr soziales Engagement heimlich bewundert hatte.
Helma erzählte weiter, dass Herr Hinrichs, der ursprünglich aus Norddeutschland stammte, erst seit wenigen Monaten im Heim lebte. Er war verwitwet und hatte keine Kinder. Nach dem Tod seiner Frau war er nach Waldenrath gezogen, weil er nicht alleine bleiben wollte. Helma hatte sich schon die ganze Zeit über gefragt, was jemanden bewegt, im Alter seine Heimat zu verlassen und so weit entfernt in ein Heim einzuziehen. Das war doch eher untypisch. Sie hatte Herrn Hinrichs aber nicht direkt fragen wollen, da er ihr nicht den Eindruck gemacht habe, dass er gerne über persönliche Dinge sprechen wollte. Außerdem habe er sich an ihren Freizeitangeboten sowie so nur selten beteiligt. Er hatte nur einige Male mit einem anderen Bewohner der Station Schach oder Backgammon gespielt. Ansonsten sei er wohl eher ein Einzelgänger gewesen, beendete Helma ihren Bericht.
Annette spürte, dass hinter der Sache mehr steckte, als sie ursprünglich vermutet hatte. Wieso war der Hinrichs hierher gezogen? Was hatte er in der Nacht bei eisiger Kälte am Wald gesucht? Wem war er dort begegnet? Diese Fragen drängten nach einer Antwort.
„Du“, sagte sie und sah ihre Freundin mit einem schelmischen Lächeln an, „braucht ihr in eurem Altenheim

nicht noch jemanden, der dir bei deiner Arbeit hilft?"
Helma verstand, worauf Annette hinaus wollte. „Klar, morgen ist doch Donnerstag. Ich klär mal mit der Heimleitung ab, ob du vielleicht mal hospitieren kannst, um zu schauen, ob so ein Ehrenamt was für dich ist."
An diesem Abend leerten die beiden Frauen noch gemeinsam eine zweite Flasche Wein, und es war schon nach Mitternacht, als Helma nach Hause ging.

Er war noch nach draußen gegangen, um zu rauchen. Ein rauer Wind wehte und ließ die Temperaturen noch eisiger erscheinen. Selbst im Schutz des Windfangs gelang es ihm erst nach einigen Versuchen, die Zigarette anzuzünden. Er nahm einen tiefen Zug.
Es war wieder dunkel geworden und Dunkelheit umgab auch seine Seele. Warum konnte die Vergangenheit nicht ruhen? Da war er wieder, dieser Schmerz in seiner Brust! Schweiß trat auf seine Stirn. Er musste ins Haus, in die Wärme, ins Licht. Es dröhnte in seinem Kopf.
Es holt dich ein …

Am Abend trafen sich die beiden Freundinnen wieder. Sie hatten sich im Jägerhof zum Essen verabredet, um sich in Ruhe über die Ergebnisse des Tages austauschen zu können. Annette hatte sich gewundert, wie viel Spaß ihr der Umgang mit den alten Menschen gemacht hatte. Ein paar wie beiläufig an das Pflegepersonal gerichtete Fragen hatten wenig Neues über Herrn Hinrichs ergeben. Die Polizei hatte sein Zimmer bereits gründlich nach allen möglichen Hinweisen durchsucht.

Als die beiden Frauen bereits geglaubt hatten, nicht Verwertbares mehr erfahren zu können, war unverhofft die Pflegeschülerin Nina Peters auf sie zugetreten. Sie hielt Helma eine weiße Plastiktüte hin und sagte leise: „Das Fotoalbum da drin ist noch vom Herrn Hinrichs. Das hatte ich in meinem Schrank vergessen."

Die Freundinnen schauten sich fragend an.

„Wissen Sie", sprach sie weiter, „er hat ja sonst nicht viel mit Leuten gesprochen, Aber irgendwie kamen wir gut miteinander klar. Er erinnerte mich an meinen Opa. Wenn ich manchmal ein bisschen Zeit hatte, erzählte er von früher, vom Krieg und so. Er hat mir auch mal Bilder gezeigt. Weil ich wieder an die Arbeit musste, hatte ich ihn gefragt, ob er mir das Album mal ausleihen könnte. Ich habe es ihm leider nicht mehr persönlich zurückgeben können. Vielleicht können Sie was damit anfangen. Verwandte hat er ja keine und ich glaube nicht, dass er gewollt hätte, dass es irgendwo im Polizeiarchiv verstaubt oder weggeworfen wird."

Mit diesen Worten drehte sich Nina um und ging.

Bei der Durchsicht des Albums war Helma und Annette ein stark vergilbter Zeitungsartikel aufgefallen, der sorgfältig eingeklebt worden war. Er stammte aus dem Jahr 1947 und trug die Überschrift „Zöllner im Wald erschossen". Der Artikel berichtete von einem Vorfall, der sich in der Nacht vom 23. Auf den 24. Oktober des Jahres ereignet hatte. Im Wald bei Scherpenseel war ein Zollbeamter erschossen worden, der vermutlich einen oder mehrere Schmuggler aufgespürt und verfolgt hatte. Der Beamte war erst vor kurzem in die Region versetzt worden. Er hinterließ eine Frau und drei kleine Kinder.

Die Fotos in dem Album waren zum größten Teil sorgfältig in Sütterlin-Handschrift beschriftet und mit Datum versehen. Die Schwarz-Weiß-Aufnahmen begannen mit dem Jahr 1926 und zeigten den kleinen Uwe Hinrichs mit seinen Eltern und Geschwistern. Eine Abbildung war untertitelt mit „Uwes Einschulung Volksschule Schermbeck 1932“. Es folgten die damals üblichen Szenen aus dem ländlichen Leben: junge Burschen bei der Feldarbeit, lachende junge Mädchen, streng dreinblickende ältere Männer und Frauen in hochgeschlossener Kleidung.
Einige Fotos waren nicht eingeklebt, sondern lagen lose in dem abgegriffenen Album. Eines zeigte unverkennbar den jungen Uwe Hinrichs in einer Marineuniform. Auf der Rückseite war vermerkt „1943 Stralsund / Ausbildungskompanie der Reichskriegsmarine“. Das Album endete 1957 und zeigte Uwe Hinrichs bei seiner Hochzeitsfeier mit einer hübschen, blonden Frau, die ein einfaches Kleid und einen Blütenkranz auf dem Kopf trug. Darunter stand „Uwe und Elke 1957 Gasthaus Im Heidekrug“.
Annette und Helma hatten sich in den hinteren Raum der Gaststätte in einer Ecke zurückgezogen, um sich ungestört unterhalten zu können. Die Wirtin brachte das Essen und tauschte einige belanglose Freundlichkeiten mit den beiden Frauen aus. Dann zog sie sich wieder in ihre Küche zurück.
Heute waren nicht viele Gäste anwesend, sodass Annette vor unliebsamen Fragen wegen der gestrigen Ereignisse verschont blieb.
„Der Artikel muss für den Herrn Hinrichs eine besondere Bedeutung gehabt haben, sonst hätte er ihn nicht in sein Familienalbum eingeklebt“, bemerkte Helma.

Annette gab ihr Recht. Vielleicht hatte des Rätsels Lösung mit dieser kriminellen Geschichte zu tun.
„Wenn einer etwas über diese Zeit weiß, dann ist es Mertens Heinz“, sagte Helma nachdenklich. Heinrich Mertens war ein pensionierter Bahnbeamter und er wusste über alles und jeden im Ort Bescheid. Außerdem verfügte er über ein erstaunliches Gedächtnis für Daten, Personen und Namen.
„Ich ruf ihn morgen mal an. Vielleicht hat er ja Zeit“, überlegte Annette.
Als die beiden Frauen sich später auf den Heimweg machten, fuhr ein Rettungswagen mit Martinshorn und hoher Geschwindigkeit an ihnen vorbei. Kurz darauf hielt der Wagen in Höhe des Hofes der Familie Derichs. Da ihr Weg ohnehin dort vorbei führte, gingen Annette und Helma etwas schneller, um zu sehen, was passiert war. Als sie an dem Haus angekommen waren, konnten sie gerade noch miterleben, wie der alte Derichs von den Sanitätern in den Rettungswagen geschoben wurde. Seine Frau stand weinend auf dem Bürgersteig. Ihr Sohn Rudi hielt schützend den Arm um sie und versuchte sie zu trösten.
Die beiden Frauen grüßten kurz und gingen zügig weiter. Sie wollten nicht indiskret erscheinen.

An diesem Morgen hatte Annette noch mehrere Kundentermine gehabt. Nach ihrer Scheidung hatte sie mit dem Anteil vom Erlös aus dem Verkauf der gemeinsamen Immobilie dieses Häuschen gekauft und als freie Mitarbeiterin einer großen Versicherungsagentur zu Hause ein Büro eingerichtet. Sie hatte zwischenzeitlich Heinrich Mertens angerufen und er hatte sie auf eine Tasse Kaffee eingeladen.

Gegen 15.30 Uhr saßen die beiden an seinem Küchentisch und betrachteten aufmerksam die Fotos in dem Album.

„Jaaa“, sagte Mertens langgezogen und kratzte sich am Kopf, „da kann ich schon was zu sagen. Ich hab das Foto von dem toten Hinrichs im Fernsehen gesehen. Ich glaub, es war 1944, im Frühjahr, da ist er hier aufgetaucht. Damals hat er als Tagelöhner bei Derichs auf dem Hof gearbeitet. Anfangs haben wir geglaubt, er wär ein Pole. Hat immer gebrochen polnisch gesprochen. Später, als der Krieg vorbei war, hat er plötzlich ganz normal geredet, ein bisschen norddeutschen Akzent. Er ist damals desertiert von der Marine, die wollten ihn wohl in ein U-Boot stecken. Hat aber keine Lust gehabt, in so ‘nem Ding abzusaufen, wo abzusehen war, dass wir den Krieg sowieso verlieren. Polnisch konnte er, weil seine Großmutter wohl aus der Ecke kam und es ihm als Kind beigebracht hat. Als dann Grotenrath Ende 44 nach Vught ins Lager evakuiert wurde, weil der Engländer kam und hier gekämpft wurde, sind die Derichs nicht mitgegangen. Und der Uwe auch nicht. Die Bauern haben nicht gerne ihre Höfe alleine gelassen. Wurde ja viel geklaut und weggeschafft damals. Waren auch noch andere, die nicht mitwollten. Die Derichs waren froh, dass der Uwe da war, weil der Alte im Krieg geblieben war und der älteste Sohn vermisst wurde. Nur die Frau Derichs und der jüngste Sohn Matthias waren noch da. Die konnten jede Hilfe brauchen. Der Uwe ist dann noch bis Herbst 1947 hier gewesen. Eines Tages war er plötzlich verschwunden. Vielleicht hat er Heimweh gehabt und wollte wieder nach Hause. Damals wurde sogar gemunkelt, dass er was mit dem toten Zöllner zu tun gehabt haben könnte. Die Leute reden immer viel, wenn der Tag lang ist. Aber möglich wär's."

Es war schon nach 18 Uhr, als Annette sich von Heinrich Mertens verabschiedete. Der Nachmittag war sehr aufschlussreich gewesen. Noch kurz eine Runde mit Watson laufen, dachte Annette, dann würde sie Helma anrufen. Als sie ihre Wohnung betrat, klingelte bereits das Telefon.

Ihre Freundin war am Apparat und teilte ihr mit, dass der alte Herr Derichs am Nachmittag an einem Herzinfarkt verstorben war.

„Du weißt doch", sagte sie, „wir sind doch gestern Abend bei Derichs vorbeigekommen, als sie ihn in den Rettungswagen geschoben haben."

Selbstverständlich erinnerte sich Annette. „Ich hab dir auch was Interessantes zu erzählen. Ich gehe noch eine Runde mit dem Hund, dann kannst du vorbeikommen, wenn es dich interessiert."

Am Dienstag der folgenden Woche wurde der alte Derichs beerdigt. Die Dorfkirche war bis zum letzten Platz gefüllt. Bis in den Eingangsbereich drängten sich die Menschen. Das kam ansonsten nur zu Weihnachten vor, weil dann viele Bürger aus der angrenzenden Ortschaft Teveren die Gelegenheit nutzten, die Christmette in Grotenrath zu besuchen, die hier schon um 18 Uhr begann.

Annette und Helma standen direkt an der Tür, und es zog ein bisschen. Bei der anschließenden Beerdigung setzte sich der Trauerzug von der Friedhofshalle, die fleißige Dorfbewohner eigenhändig erbaut hatten, bis zum bereits ausgehobenen Grab in Be-

wegung. Die beiden Frauen blieben etwas abseits stehen und warteten, bis die meisten Trauernden am Grab und den Angehörigen vorbeigegangen waren. Frau Derichs und ihr Sohn standen wie versteinert da und nickten immer nur dankend bei den zahlreichen Kondolenzbekundungen. Keiner der beiden weinte, wie man es vielleicht erwartet hätte.
Im Anschluss an die Beerdigung waren die meisten der Gäste zum Begräbniskaffee in den Jägerhof eingeladen. Die Gaststätte war angenehm warm und eine Tasse Kaffee würde jetzt gut tun. Frau Derichs und ihr Sohn kamen ihrer Verpflichtung als Gastgeber nach und kümmerten sich um die Gäste. Im Laufe des Nachmittags hatten sie fast mit jedem der Anwesenden ein paar Worte gewechselt.
Als sich die Gesellschaft aufzulösen begann, kam die Witwe unerwartet noch einmal zu Annette, die sich gerade die Jacke überzog. Helma war bereits gegangen, weil sie ihren Sohn zu einer Schulveranstaltung bringen musste.
„Ich hätte noch eine Bitte an Sie, Frau Steinbach", sagte Frau Derichs mit leiser Stimme. Verwundert schaute Annette die alte Frau an.
„Ich habe mit Heinz Mertens gesprochen. Der hat mir erzählt, sie hätten ein Fotoalbum von dem Mann, der am Wald umgekommen ist. Wenn es Ihnen recht ist, würde ich Sie morgen gerne zum Kaffee einladen und es wäre schön, wenn Sie das Album mitbringen würden. Es ist wirklich sehr wichtig für mich!" Der Blick der Witwe war bittend auf sie gerichtet.
Annette sagte ihr Kommen für den folgenden Nachmittag zu. Sie war jetzt wirklich neugierig, wie sich die Angelegenheit weiterentwickeln würde.

Pünktlich, wie verabredet, erschien Annette im Hause Derichs. Sie würde bereits erwartet.
„Mein Sohn ist heute nicht da“, sagte die alte Frau. „Da können wir ungestört reden. Gehen Sie schon mal ins Wohnzimmer, der Kaffee ist gleich fertig. Es ist noch so viel Kuchen übrig von gestern, ich weiß gar nicht, wer das noch alles essen soll.“
Annette folgte der Aufforderung und ging ins angrenzende Wohnzimmer. Auf dem gediegenen Esszimmertisch aus Eiche waren zwei Kaffeegedecke aufgelegt. Über der gestärkten, blütenweißen Tischdecke war zusätzlich eine in mühevoller Handarbeit hergestellte Häkeldecke drapiert. Verschiedene Obstfladen, die zum Teil auf Platten zusammengelegt waren, standen auf dem Tisch. Die Sahne war in einer kleinen, aber schweren Bleikristallschale angerichtet.
Frau Derichs kam mit dem Kaffee herein. Sie war einmal eine bildhübsche Frau gewesen, so viel war auch heute noch zu erkennen. Ein Blick auf ihr Hochzeitsfoto neben dem schweren eichenen Wohnzimmerschrank bestätigte Annettes Vermutung.
Die Witwe wirkte wieder sehr gefasst. Seltsam, dachte Annette bei sich, das hatte an dem Abend, als ihr Mann ins Krankenhaus eingeliefert wurde, ganz anders ausgesehen. Da hatte sie bitterlich weinend dagestanden.
Eine Zeit lang redeten sie über belanglose Dinge, so wie man es eben tut, wenn man nicht genau weiß, wie man zum eigentlichen Thema kommen soll. Annette wollte Frau Derichs nicht bedrängen, obwohl sie sehr gespannt war.

„Darf ich die Fotos einmal sehen?“, fragte die alte Dame unvermittelt.
Annette nahm das Album aus ihrer Tasche und legte es auf den Tisch.
Vorsichtig, ja beinahe schon zärtlich, zog Frau Derichs es zu sich herüber. Sie schlug es auf und betrachtete versonnen die Bilder. Jetzt schimmerten in ihren Augen Tränen. Es schien, als habe sie Annettes Anwesenheit vergessen.
Die Zeit verging.
„Wissen Sie“, sagte sie plötzlich in die Stille hinein, wenn ich das damals schon alles gewusst hätte, wäre mein Leben anders verlaufen.“
„Wenn Sie was gewusst hätten?“, fragte Annette nach.
Die Witwe stand auf und ging zu einem massiven Sideboard. Langsam holte sie einen Brief aus einer Schublade und setzte sich wieder auf ihren Platz. Sie atmete schwer.
„Den hat mein Mann mir vor seinem Tod geschrieben. Auf der Intensivstation hat er mir gesagt, wo ich ihn finde. Er hatte nicht den Mut, mir in die Augen zu sehen, wenn ich die Wahrheit erfahre. Sie können ihn lesen, wenn Sie mir versprechen, mit niemandem darüber zu reden. Es nutzt keinem mehr und schadet nur den Lebenden. Vor allem mein Sohn darf nichts davon erfahren.“
Annette nickte zögernd. Auf was ließ sie sich da bloß ein?
Frau Derichs reichte ihr den Brief.
Annette öffnete ihn langsam und atmete tief durch, als gelte es, eine schwere Hürde zu nehmen. Die Antwort auf ihre Fragen lag in ihrer Hand, aber mit

einem Mal fiel es ihr unerwartet schwer, das Geheimnis zu lüften.
Sie gab sich einen kleinen Ruck und begann zu lesen:

Liebe Maria,
ich habe Dir in den Jahren unserer Ehe ein Geheimnis vorenthalten, von dem ich weiß, dass Du es mir nie verzeihen wirst! Ich werde sterben, das weiß ich. Die Herzanfälle nehmen in den letzten Tagen immer mehr zu. Es ist wohl meine gerechte Strafe für das, was ich Euch allen angetan habe. Ich kann jetzt nicht mehr schweigen und Du sollst die ganze Wahrheit wissen. Du erinnerst Dich doch sicher an Uwe Hinrichs. Natürlich erinnerst Du Dich an ihn! Als er damals zu uns auf den Hof gekommen ist, war ich froh, dass Mutter und ich Hilfe bei der Arbeit hatten. Wir haben ihm nicht viele Fragen gestellt, aber wir konnten uns denken, dass mit ihm etwas nicht stimmte. Aber fleißig war er. In der Zeit war ich sowieso mit meinen Gedanken die ganze Zeit bei Dir. Ich habe mich jeden Tag gefreut, wenn Du zu uns auf den Hof gekommen bist, um Mutter in der Küche und im Haushalt zu helfen. Irgendwann habe ich dann aber mitbekommen, dass der Uwe sich auch sehr für Dich interessiert und dass Du immer so fröhlich gelacht hast, wenn er da war. Du kannst Dir vorstellen, wie eifersüchtig ich war. Gesagt habe ich aber nichts. Ich habe auf eine Gelegenheit gewartet, den Uwe loszuwerden. Die kam dann auch in einer Nacht im Oktober. Der Uwe hatte mir erzählt, dass Du ein Kind vom ihm kriegst und dass er Geld braucht, um für Euch was zu schaffen. Er ist vorher nie mit auf Schmuggel-

tour gegangen, aber ich habe ihn überredet, in der Nacht mitzugehen. Es war ja schon Herbst und die Nacht war sehr neblig. Wir hatten uns gedacht, dass es ideale Bedingungen sind, weil die Zöllner uns nicht so leicht aufspüren konnten. Ich hatte Uwe eingeredet, dass er seinen alten Militärrevolver mitnehmen soll, zur Sicherheit, als reine Vorsichtsmaßnahme. Ich hatte keinen direkten Plan, eher so ein Gefühl.

Wir sind dann bei den Heid‘ Böm über die Grenze und es ging auch alles glatt. Auf dem Rückweg durch den Wald haben sie uns dann aufgespürt. Wir sind gerannt und ich bin über eine Wurzel gestolpert. Der Uwe hat mir noch aufgeholfen. Da war der eine schon ganz nah, einer von den neuen Zöllnern aus dem Zollhaus am Grenzweg, ein ganz scharfer. Er hat uns erkannt. Ich hab den Uwe angeschrien, er soll schießen. Er wollte nicht. Da hab ich ihm die Pistole aus der Hand gerissen und geschossen. Der Mann war sofort tot. Der Uwe war völlig fertig und hat geschrien: „Der ist tot. Du hast ihn umgebracht!“ Auf einmal wusste ich, wie ich mein Problem lösen konnte. Ich hatte ja Handschuhe an, weil’s kalt war. Der Uwe nicht. „Nein“, hab ich gesagt. „Du hast ihn umgebracht. „Du bist ja verrückt“, rief er, „lass uns abhauen. Die kriegen uns!“ Ich weiß nicht wieso, ich war eiskalt in dem Moment. Ich hab zu ihm gesagt, dass er abhauen soll, ganz verschwinden aus der Gegend. Dass ich behaupten würde, dass er den Mann erschossen hat. Seine Fingerabdrücke waren ja auf der Pistole. Es würde ihm sowieso niemand glauben. Ich hab ihm versprochen, dass ich mich um Dich und das Kind kümmern würde. Er hat mich mit so einem Blick angeschaut, voller Verachtung. Aber er ist gegangen. Ich war heilfroh. Wir beide haben geheiratet. Ich hab alles versucht, um dem Rudi ein guter Vater zu sein. Aber ich konnte nicht vergessen, dass er nicht mein Kind ist. Unser gemeinsames Leben war für mich trotzdem sehr schön, auch wenn ich gemerkt habe, dass Du mich nicht wirklich liebst. Dann habe ich plötzlich vor einer Woche einen Anruf bekommen. Ich hab gedacht, ich werde verrückt. Der Uwe hat sich gemeldet und gemeint, dass er zurückgekommen ist und in einem Heim in der Nähe lebt. Er wollte mit mir reden, etwas über seinen Sohn erfahren, bevor er irgendwann sterben muss. Er wollte ihm angeblich nicht sagen, dass er der Vater ist. Das konnte ich auch nicht zulassen. Alles wäre kaputt gegangen, alles, was wir uns aufgebaut haben. Wir haben uns für Dienstagabend am Wald verabredet. Ich bin ja angeblich zum Skat gefahren. Wegen dem Schnee hab ich den Wagen genommen, weil ich ja auch nicht mehr so sicher zu Fuß bin. Wir haben uns gestritten. Ich wollte es eigentlich nicht, aber irgendwie hab ich Angst gehabt, er könnte doch alles verraten. Dabei wollte er den Rudi nur einmal sehen, ihm nichts sagen. Ich hab ihn dann gestoßen. Er ist nach hinten gefallen, mit dem Kopf gegen den Pfosten vor der Hütte. Dann ist er zur Seite gekippt und hat sich nicht mehr gerührt. Er hat am Hinterkopf geblutet. Wahrscheinlich hat er sich beim Aufprall das Genick gebrochen. Auf alle Fälle war er tot, das hab ich gleich gesehen. Ich hatte Panik und wollte nur noch weg. Es hat ja stark geschneit in der Nacht. Da würden keine Spuren bleiben. Ich bin dann noch zum Skat, damit es nicht auffällt. So, jetzt weißt Du alles. Ich bitte Dich nicht um Verzeihung, denn ich weiß, dass es unmöglich ist. Ich habe zwei Menschen auf dem Gewissen und aus Egoismus Rudi seinen richtigen Vater vorenthalten. Dich habe ich quasi gezwungen, mich zu heiraten, weil Du damals kaum eine andere Möglichkeit hattest mit einem unehelichen Kind. Das kann man nicht wieder gut machen. Trotz allem, ich habe Dich immer geliebt, das sollst Du wissen.

Dein Mann Matthias.

Luitgard Olufayo

Der Tote im Kahnweiher

Wintereinbruch, das Eis des Kahnweihers war 15 Zentimeter dick gefroren. Vor dem Restaurant „Zum Rodebach“ versammelten sich am Abend die Interessenten für einen Rundgang durch das historische Gangelt. Elfriede Dohmen hatte geladen. Begleitet von einer Schauspielertruppe aus Aachen, kostümiert als Ritter, Burgfräulein und Nachtwächter, geleitete sie die Gekommenen durch den Ort und erzählte gleichzeitig von dessen Geschichte, garniert mit Sagen und Erzählungen. Unbeachtet von der Gruppe schlitterten mehrere Kinder über das gefrorene Eis. Eines hatte eine Laterne dabei, ein anderes eine Taschenlampe.

Plötzlich wurde unter dem Eis ein Gesicht sichtbar. Die Kleinen schrien. Die Erwachsenen wurden aufmerksam. Einige Eltern wagten sich vorsichtig auf das Eis.

„Gib mir mal deine Taschenlampe, Lucas!“

„Ein Toter!“, rief einer.

„Tatsächlich, ein Toter!“, rief ein anderer. „Unter dem Eis ist ein Toter.“

Mehrere Schaulustige eilten herbei.

„Seid vorsichtig auf dem Eis“, mahnte die Fremdenführerin. „Das Eis bricht!“

„Jemand muss eingebrochen sein.“

„Dort sind Fußspuren.“

Ein Mann scheuchte die Neugierigen vom Eis. „Lasst

uns auf die Polizei warten“, sagte er, holte sein Handy aus der Tasche und telefonierte.
„Wer sind denn Sie?“, fragte einer der Umstehenden und betrachtete den Mann in Abendgarderobe argwöhnisch.
„Hauptkommissar Wilson“, bekam er zur Antwort, „Ich bin von der Heinsberger Polizei“, fügte er hinzu, als er den fragenden Blick des Mannes bemerkte.
„Ein englischer Hauptkommissar?“
„Ich bin in England geboren, aber ich bin schon lange hier. Das tut aber nichts zur Sache“, meinte der Kommissar mit deutlich englischem Akzent und zog sein Notizbuch aus der Tasche. „Und Ihr Name ist?“
„Max Robert. Aber warum schreiben Sie meinen Namen auf?“
„Nur zur Sicherheit...“
„Sicher..., was?“
Sie hörten die Sirenen der herannahenden Polizeiwagen und der Feuerwehr.
„So meine Damen und Herren“, erläuterte der Engländer. „Ich bin Hauptkommissar Wilson. Wie ich soeben telefonisch erfahren habe, hat man mich mit dem Fall beauftragt. Tja, damit ist mein freier Tag beendet. Wie Sie an meiner Garderobe bemerken, komme ich gerade aus dem Restaurant. Und dorthin möchte ich Sie bitten, sich alle zu begeben, um das Weitere zu besprechen. Hier wird mir etwas kalt.“
Einige Polizeiwagen fuhren auf den anliegenden Parkplatz, Beamte stiegen aus. Gemeinsam betraten alle das Restaurant, während sich die Feuerwehr daran machte, den Toten zu bergen. Der Inhaber, Peter Rüdiger, stellte bereitwillig einen Teil

seines Restaurants zur Verfügung. Seine Angestellten brachten warmen Kakao.
Die Polizisten nahmen die Personalien auf und stellten Fragen. Bei fast 80 Leuten kein leichtes Unterfangen. Einige meinten, etwas gehört zu haben, andere meinten, etwas gesehen zu haben. Aber tatsächlich hatte niemand etwas gesehen oder gehört, außer den Kindern, die die Leiche gefunden hatten.
Nachdem die Arbeit der Feuerwehr abgeschlossen war, stand fest: Der Tote war ein 20-jähriger Mann, der wahrscheinlich in der Nacht zuvor in das Eis eingebrochen und ertrunken war.
„Haben Sie die Fußspuren gesehen?“, fragte der Mann, der sich als Max Robert vorgestellt hatte.
„Welche meinen Sie? Ihre etwa?“, erwiderte der Kommissar genervt.
„So wie es aussieht, war der junge Mann nicht allein“, bohrte Robert weiter.
„Offensichtlich“, murmelte Wilson und trug etwas in sein Notizbuch ein.
„Was schreibt der denn jetzt schon wieder?“, fragte Robert den Mann neben ihm am Tisch. Dieser zuckte mit der Schulter und trank einen Schluck Kakao.
„Ich denk mal, der ist ermordet worden!“, meinte Robert daraufhin etwas lauter und wartete auf die Reaktion seiner Tischnachbarn. Wilson machte sich erneut Notizen. Als keine Reaktion kam, murmelte Robert verhalten: „Ja, ja, in England wird so etwas unter den Tisch gekehrt, quasi als Unfall behandelt.“
Der Kommissar blickte auf und schaute dem Mann in die Augen. „Was sagten Sie gerade?“, fragte er freundlich, fast geistesabwesend.
„Ach gar nichts.“

Wilson nickte. „Ob es ein Unfall oder ein Mord ist, wird sich noch herausstellen. Und um dieses zu klären, bin ich hier."

Einer der Kellner des Restaurants näherte sich und fragte neugierig: „Wann ist denn der Mann gestorben?"

„Es wird vermutet, dass er gestern Nacht eingebrochen ist, als es um einiges wärmer war als heute Abend", antwortete ein Polizist.

„Warum wollen Sie das wissen?", fragte Wilson erstaunt und notierte den Namen des Kellners: Paolo Luigi.

„Nur so", antwortete Luigi.

„Bei uns wurde gestern Nacht eingebrochen", erklärte Rüdiger den Zusammenhang. „Aber es wurde nur eine kleine Scheibe auf der Rückseite des Restaurants zertrümmert und nichts gestohlen. Auch das Kleingeld war noch in der Kasse. Ich denke, die Täter müssen gestört worden sein."

„Haben Sie den Einbruch bei der Polizei gemeldet?"

„Es wurde ja nichts gestohlen", verneinte Rüdiger, seit zwei Jahren Besitzer des noblen, gutgehenden Restaurants, benannt nach dem Naturschutzpark am Rodebach, der sich hinter dem Restaurant und dem angrenzenden Freibad befindet. „Und da wir keine negativen Schlagzeilen für unser Restaurant wünschen..."

„Die werden Sie jetzt aber zwangsläufig bekommen", murmelte der Kommissar.

Einer der Beamten hatte die Identität des Toten festgestellt und flüsterte sie Wilson zu, allerdings laut genug, dass einige in der Nähe stehende Personen es hörten.

Eine junge Frau fiel daraufhin in Ohnmacht.
Durch die großen Fenster des Restaurants sah man inzwischen die Abfahrt des Leichenwagens. Die Feuerwehr machte sich auf den Rückzug. Erschrocken schaute Wilson auf die junge Frau, die langsam unter Mithilfe eines jungen Mannes und einer Frau auf einen Stuhl gesetzt wurde und wieder zu sich kam. Er setzte sich ihr gegenüber. Dann runzelte er die Stirn und sah ihr direkt in die Augen. Sie wich dem Blick aus und schaute ins Leere.
„Michael Dorn ist ..., ich meine, war mein Bruder", sagte sie langsam und stotternd.
„Ihr Bruder?"
„Ja!"
„Das ist ja nicht zu fassen! Schlimm genug, dass man von einem Engländer verhört wird. Jetzt gibt es auch noch einen Brudermord", meinte Robert bissig.
Wilson warf ihm einen bösen Blick zu. Von hinten kicherte jemand verhalten. Dann wurde es so ruhig, dass man eine Stecknadel hätte fallen hören. Die junge Frau begann leise zu weinen.
„Wann haben Sie Ihren Bruder zum letzten Mal gesehen?"
„Sehen Sie denn nicht, dass die junge Frau total fertig ist?", versuchte Robert die Befragung erneut zu stören. Kommentarlos zückte der Kommissar erneut sein Notizbuch und trug etwas ein.
„Was schreibt er denn jetzt schon wieder?", erkundigte sich Robert nochmals bei seinem Nebenmann.
„Gestern Abend."
„Gestern Abend?"
„Ja."
„Wo?"

„Hier.“
„Wo hier?“
„Wir wollten durch das Rodebachtal nach Schinveld laufen.“
„Wer sind wir?“
„Na wir. Mein Bruder Michael, sein Freund Steven Richter, Melinda und ich.“
„Wer ist Melinda?“
„Meine Schulfreundin.“
„Und seid ihr alle zusammen in Schinveld angekommen?“
„Nein. Mein Bruder hatte sein Handy am See vergessen. Er ist mit seinem Freund zurückgegangen, um es zu holen.“
„Zum Kahnweiher? Wo denn da?“
„Er hat es wahrscheinlich auf einer Bank vergessen. Wir hatten uns ein Weilchen dort hingesetzt, um etwas zu besprechen.“
„Bei der Kälte?“, fragte einer der Anwesenden ungläubig.
„Verliebte junge Leute“, meinte eine ältere Frau und schüttelte den Kopf.
„Und Sie und Melinda sind weitergegangen bis Schinveld?“
„Nein. Nach einer Weile hat Melinda gesagt, sie gehe zurück, um nach Michael und Steven zu schauen, sie käme dann gleich wieder her. Ich habe mich auf das Geländer der Brücke gesetzt und eine halbe Stunde gewartet. Aber sie kam nicht.“
„Und dann?“
„Ich bin dann auch zurückgegangen.“
„Und wen haben Sie dort getroffen?“
„Melinda.“

„Aber nicht die Jungen?"
„Nein."
„Und was war mit Melinda? Was hat sie gesagt?"
„Ihre Kleidung war nass und schmutzig. Und sie war ziemlich erregt. Sie sagte, sie sei hingefallen."
Der Kommissar nickte.
„Sie meinte, die Jungen wären schon nach Hause gefahren. Wir waren mit zwei Autos da. Danach sind wir zu meinem Auto gegangen und ich habe Melinda heimgefahren."
„Sagten Sie nicht, Sie wollten bis Schinveld laufen? Wie wären Sie denn dann nach Hause gekommen, wenn Ihre Autos hier stehengeblieben wären? Sie hatten doch nicht vor, bei dieser Eiseskälte die Strecke wieder zurückzumarschieren?", fragte der Kommissar. Aber es war mehr eine Feststellung als eine Frage, und die junge Frau antwortete nicht darauf.
„Habe ich doch gesagt, dass etwas nicht stimmt", flüsterte Robert seinem Nachbarn zu, laut genug, dass alle es hörten.
Wilson schrieb erneut etwas in sein Notizbuch.
„Und Ihr Bruder? Ist er am selben Abend noch nach Hause gekommen? Sie wohnten doch noch zusammen?"
„Ja, wir lebten bei unseren Eltern. Nein, er ist nicht gekommen."
„Haben Sie sich keine Sorgen gemacht?"
„Nicht direkt. Er geht manchmal mit Steven zusammen noch in eine Diskothek oder er schläft bei Steven."
„Was haben Sie dann gemacht?"
„Nichts. Ich bin schlafen gegangen."
Die Zeugen wurden entlassen.

Steven Richter und Melinda wurden am nächsten Tag auf das Polizeirevier vorgeladen. Der Kommissar verhörte Steven, eine Kollegin sprach mit Melinda.
„Also, wie war das mit der Suche nach dem Handy?“, fragte Wilson.
„Ich bin zum Auto gegangen und Michael ist auf den zugefrorenen Kahnweiher hinaus. Ich habe mich ins Auto gesetzt und eine Weile gewartet. Eine Viertelstunde oder 20 Minuten, genau weiß ich nicht mehr. Ich habe Musik gehört. Dann bin ich ausgestiegen und habe ihn gerufen und gesucht. Aber ich habe ihn nicht gefunden. Ich dachte, er ist zum Restaurant zurückgegangen oder Melinda und Sandra nachgelaufen. Also bin ich ins Auto gestiegen und wollte wegfahren. Doch dann klopfte Melinda an die Autoscheibe. Sie fragte nach Michael. Ich sagte, er sei im Restaurant. Ich konnte doch nicht wissen, dass er eingebrochen ist. Melinda sagte, sie werde auf Sandra warten. Deshalb fuhr ich dann nach Hause.“
„Und was dachten Sie, wie Michael nach Hause käme?“
„Ich weiß nicht. Aber er verschwindet manchmal ohne Ankündigung. Dann hat er jemand Bekanntes getroffen und ist einfach mit ihm mitgegangen in eine Diskothek oder in ein Café. Ich hatte keinen Grund zur Sorge.“
„Wie Sie sehen, hatten Sie doch Grund zur Sorge“, widersprach der Kommissar etwas lauter. „Waren Sie alkoholisiert?“
„Wo denken Sie hin, Herr Kommissar. Nur ein oder zwei Bierchen“, antwortete Steven.
Die Beamtin schob ihren Stuhl etwas näher an den

Tisch, an dem Melinda saß. Melinda hatte verweinte Augen.
„Sie sind also den Weg vom Rodebachtal zum Parkplatz zurückgegangen und haben an die Autoscheibe Ihres Bekannten geklopft. Und dann?“
„Er hat mir erzählt, dass er schon nach Michael gesucht habe und denkt, dass er zum Restaurant gegangen sei. Wir haben noch einmal nachgeschaut und gerufen, sind aber nicht mehr auf den Kahnweiher hinausgegangen. Steven meinte, er würde Ärger mit seinen Eltern bekommen, wenn er so spät käme. Er ist dann gefahren. Ich habe auf Sandra gewartet und bin dann mit ihr gefahren. Wir dachten, Michael wird schon wieder auftauchen. Niemand hatte überhaupt daran gedacht, dass Michael durch das Eis im Kahnweiher eingebrochen ist und nicht wieder herauskam. Es war wohl ein Unfall.“
„Hm, das ist es, wie es aussieht“, meinte die Beamtin nachdenklich.
Es klopfte an der Tür. Ein Polizist trat ein und informierte Wilson: „Es hat sich noch ein Zeuge gemeldet, der gestern Nacht zur fraglichen Zeit mit seinem Hund am Kahnweiher spazieren gegangen war. Er heißt Julius Frisch, ist 34 Jahre alt.“
„Soll hereinkommen. Bitte, Herr Richter, warten Sie doch einen Moment draußen... Herr Frisch, Sie sind gegen 1.15 Uhr am Kahnweiher gewesen? Was haben Sie dort beobachtet?“
„Tja, Herr Kommissar, beobachtet habe ich nicht. Aber ich habe etwas gesehen. Also, ich lauf da so mit meinem Hund am Parkplatz entlang, plötzlich sehe ich wie zwei junge Männer von der Rückseite des Restaurants eilig auf den Kahnweiher hin-

auslaufen und zwei junge Damen sind hinter dem Schwimmbad in den Rodebachpark hineingelaufen. Nach einer Weile ist einer der jungen Männer zurückgekommen und ins Auto gestiegen und hat dort gewartet. Gleichzeitig habe ich auch eine Polizeisirene in der Nähe gehört. Also wenn Sie mich fragen, sind die jungen Herrschaften bei irgendetwas gestört worden.“ Flüsternd fügte er hinzu: „Ich habe ja gehört, wie der Besitzer des Restaurants Ihnen gestern mitteilte, dass bei ihm vorgestern eingebrochen wurde. Ich will keine voreiligen Schlüsse ziehen aber...“

Der Kommissar runzelte die Stirn.

„Abgesehen davon habe ich den Kellner auch am Kahnweiher herumschleichen gesehen.“

Beim Hinausgehen erkannte Julius Frisch Robert wieder, der im Vorraum wartete und sich nach dem Fortgang der Untersuchung erkundigen wollte. „Den da habe ich auch dort gesehen. Der ist auch auf dem Weiher herumspaziert.“

„Wann?“

„Als ich mit meinem Hund wieder zurückkam und nochmals an dem Parkplatz vorbeiging, war der junge Mann im Auto verschwunden und dieser Mann kam vom Kahnweiher.“

Der Kommissar entließ Frisch und widmete sich Robert, den er mit der Aussage von Frisch konfrontierte.

„Ich habe nur nach ihm gesehen“, meinte Robert.

„Ach, Sie kennen sich? Das haben Sie aber gestern Abend nicht erwähnt.“

„Flüchtig, flüchtig.“

„Und was veranlasste Sie, nach ihm zu sehen?“

Ein Polizist kam herein und flüsterte dem Kommissar etwas zu.
Laut wandte sich Wilson um. „Herr Robert, Sie sind vorhin im Vorraum mit Steven Richter etwas lauter zusammengestoßen. Welchen Grund hatten Sie dafür?"
„Grund? Ich? Ach, nein. Ich hatte keinen. Ich habe ihn verwechselt."
„Herr Robert, ich glaube, Münchhausen könnte mich nicht besser an der Nase herumführen als Sie."
„Was meinen Sie denn, Herr Kommissar? Ich dachte, Engländer hätten keine Ahnung von Münchhausen." Robert drehte sich um, in die Richtung des hinter ihm stehenden Polizisten sprechend.
Ohne Voranmeldung betrat Richter das Büro des Kommissars. „Der da war es!", beschuldigte er heftig Robert. „Der hat meinen Freund ermordet."
„Stimmt das, Herr Robert?", fragte der Kommissar.
Robert stellte sich naiv. „Ach I wo, Steven spinnt!"
„Oh, nun kennen Sie doch auf einmal den Vornamen des Zeugen", stellte Wilson fest.
„Habe ich aufgeschnappt", meinte Robert schnippisch. „Und außerdem, als ich auf dem Kahnweiher war, habe ich niemanden mehr gesehen."
„Ach, was! Der hat uns geschickt, um einen Schuldschein von über 10.000 Euro zu stehlen. Er wusste, dass Paolo Luigi diesen in der Schublade in dem kleinen Schränkchen unter der Kasse aufbewahrte. Wir hatten ein bisschen getrunken und so als Mutprobe sind wir dann alle durch das kleine Fenster auf der Rückseite des Restaurants eingestiegen. Michael hat den Schuldschein dann an sich genommen und als wir die Polizeisirene gehört haben, dachten wir,

irgendein Alarm sei losgegangen und wir sind dann auf den Kahnweiher hinaus geflüchtet und die Mädchen in den Rodebachpark hinein. Als ich nach einer Weile keine Polizei gesehen habe, bin ich zurück. Michael habe ich aus den Augen verloren. Aber dieses Individuum habe ich getroffen. Ich sagte ihm, dass Michael den Schuldschein habe."
„Wen meint er denn?", fragte Robert den Polizisten hinter sich.
„Der mit seiner Spielsucht hat alles kaputt gemacht", polterte Steven und zeigte mit dem Finger auf Robert.
Robert legte seine Hände auf die Brust und sah sich suchend um, so als ob er nicht verstand, dass er gemeint sein könnte.
„Stimmt das, Herr Robert?", fragte Kommissar Wilson erneut.
„Ja, das stimmt", gab Robert genervt zu. „Aber als ich ihn nach dem Schuldschein fragte, hatte er keinen und der andere Holzkopf war nicht auffindbar."
„Da hört aber doch alles auf", schrie Richter und wollte sich auf Robert stürzen, was der Polizist gerade noch verhindern konnte. „Würde mich nicht wundern, wenn die zwei Paolo Luigi mit dem Schuldschein erpresst hätten. Luigi läuft nämlich mit der Perle herum, die ich eben hier gesehen habe und der da steht auf sie. Wenn mich nicht alles täuscht, war Paolo Luigi auch zur Tatzeit dort", meinte Robert.
„Wo hat er das nun schon wieder her?", fragte der Kommissar flüsternd den Polizisten, der Richter wieder losließ. Der zuckte mit den Schultern und warf einen Blick auf die Tür, die zum Vorraum führte.
Der Kommissar ließ sich den Zeugen Paolo Luigi ho-

len und wies die beiden anderen Männer an, sich auf die Stühle vor seinem Schreibtisch zu setzen.
„Herr Luigi“, begann der Kommissar, „was hatten Sie am Tatabend in der Nähe des Kahnweihers zu suchen?“
„Ich bin spazieren gegangen.“
„Lüge“, schrie Steven und sprang auf. „Du wusstest, dass wir vorhatten, uns den Schuldschein zu holen. Und ich weiß auch, wer es dir erzählt hat. Es war Melinda. Und du wusstest auch, dass wir vorhatten, dich damit zu erpressen.“
„Wie wollten Sie ihn denn erpressen?“, fragte der Kommissar geduldig. „Michael und ich wollten, dass er die Finger von Melinda lässt, dann hätten wir ihm den Schuldschein zurückgegeben. Das war unser Plan.“
„Ach, nee. Und die 500 Euro, die ich euch dafür gegeben habe, dass ihr mir den Schuldschein besorgt, wolltet ihr einfach behalten?“, schrie Robert wütend.
Inzwischen war leise die Tür geöffnet worden. Melinda war unbemerkt eingetreten und hatte den Rest der Unterhaltung gehört.
„Du warst es!“, schrie sie Luigi an. „Ihr habt euch geprügelt. Ich habe es gesehen. Ich bin dann weggegangen und habe mit Steven geredet. Später habe ich keinen von euch mehr gesehen. Was hast du mit ihm gemacht?“
Der Kommissar sah Luigi fragend an.
„Wir haben uns geprügelt, aber als ich ging, lebte er noch“, sagte der Kellner.
„Etwas schwierig zu glauben“, meinte der Kommissar, „weil mehrere Leute um diese Zeit am Kahnweiher waren und ihn nicht gesehen haben.“

„Es war dunkel!“
„Red keinen Unsinn! Er ist eingebrochen und bewusstlos geworden. Du hast es gesehen und hast ihn einfach dort gelassen“, rief Melinda.
„Er lebte noch, als ich ging“, erwiderte Luigi trotzig. „Ich habe gedacht, die Polizei wäre gleich da, um ihn zu helfen. Ich habe eine Sirene gehört.“
Der Kommissar hielt ihm eine Hand entgegen und verlangte den Schuldschein.
Luigi gab ihm das Dokument. Er verstand die Welt nicht mehr, als ihm der Polizist Handschellen anlegte.
„Er lebte noch, als ich ging“, wiederholte er.

Renate Janssen

Dumm gelaufen

Das ist ja ausgesprochen dumm gelaufen, dachte Jupp Hennings verärgert. Endlich hatte sein alter Herr das Zeitliche gesegnet, und er konnte über das Einfamilienhaus seiner Eltern verfügen, und da musste sich herausstellen, dass die Hütte keinen roten Heller mehr wert war. Dabei konnte er gerade jetzt etwas Bares gut gebrauchen. Seine Kumpel hatten ihm einen Deal angeboten, der aber eine größere Summe Bargeld erforderte. Es hätte so gut gepasst.
Durchfeuchtete Mauern, einsturzgefährdet; was dieser Idiot von Architekt, der das Haus auf seinen Wert schätzen sollte, sich da wohl einbildete. Sein Vater hatte darin bis vor zwei Monaten gelebt und dem war auch kein Ziegel auf den Kopf gefallen. Gut, es war nicht der Buckingham Palast, aber das hatte ja auch niemand behauptet. Aber, dass er jetzt statt mit einem gut verkäuflichen Haus mit einer zu entsorgenden Bruchbude dastand, das war wirklich mehr als Pech. Jupp stand vor dem Haus in dem kleinen verwilderten Vorgarten und steckte sich erst mal eine Zigarette an. Es gab für jedes Problem eine Lösung. Man musste sie nur erst einmal finden.

Friedrich Rabe reichte seiner Frau die Zeitung über den Tisch. „Wieder mal alles viel zu teuer. Selbst wenn wir etwas weiter raus bis zur niederländischen Grenze gehen. Entweder die Häuser sind sanierungsbe-

dürftig oder kosten ein Heidengeld." Er nahm sich ein weiteres Brötchen und schnitt es auf, während seine Frau Anneliese sich noch einen Kaffee einschenkte. Der Samstagmorgen hatte sein festes Ritual. Während seine Frau das Frühstück vorbereitete und das Futter für die Vögel in das Vogelhaus füllte, damit man sie vom Esstisch aus beobachten konnte, führte Friedrich Rabe den Dackel aus und besorgte dabei Brötchen und die Zeitung beim Bäcker. Danach frühstückte man lange und ausgiebig und las die Immobilienanzeigen der Samstagsausgabe. Friedrich Rabe war seit zwei Monaten Rentner, und seit fast einem halben Jahr suchte das Ehepaar nach einem kleinen Häuschen im Grünen, das sie sich von der ausgezahlten Lebensversicherung kaufen wollten. Ihre Mittel waren begrenzt, aber sie waren unabhängig und bereit, auch in eine kleinere Ortschaft zu ziehen. Und doch war noch nicht das Richtige dabei gewesen.
„Vielleicht versuchen wir es doch einmal mit einer eigenen Anzeige", meinte Friedrich zu seiner Frau.

Jupp war in seiner Stammkneipe gelandet. Hier war das Rauchen noch erlaubt. Er hatte nur eine Mitgliedschaft an einem Raucherclub unterschreiben müssen. Auf seine Zigaretten wollte er nun wirklich nicht verzichten. Sein Freund Heini kam taumelnd, mit seinem Bierglas in der Linken und einer Zigarette in der Rechten, auf ihn zu. „Na? Wie sieht´s aus? Machste mit bei dem Deal? Haste die Hütte von deinem Alten schon verscherbelt? Ich würd´ mal nen Zacken zulegen. Die wolln da jetzt ne Fabrik hinsetzen, dat wird den Preis für den Schuppen nich gerade in die Höhe treiben." Heini lehnte sich gegen den Tresen

und rülpste. Seine Fahne wehte Jupp ins Gesicht, der sich angewidert wegdrehte.
„Erst mal einen Gimpel finden, der die Hütte nimmt, ohne sie sich zu genau anzusehen. Sobald da eine Bank mit ´nem Kredit die Finger dran hat, wird auch ein Gutachter rausgeschickt und das war´s dann."
„Dat kann doch nicht so schwer sein." Wieder rülpste Heini Jupp den Bieratem ins Gesicht. „Die Bude sieht doch janz ordentlich aus. Musst dir halt jemanden suchen der 'n bisschen so is wie dein Alter. Dann klappt das schon." Jupp sah Heini an.
Eigentlich hatte der gar nicht mal so unrecht. Vielleicht sollte er sich am Wochenende erst mal eine Zeitung kaufen und die Anzeigen durchstöbern. Irgendwo gibt es doch eigentlich immer einen Dummen. Man musste ihn nur finden und dann richtig einseifen.
Friedrich Rabe hatte gerade seiner Frau die Zeitung mit dem aufgeschlagenen Immobilienteil herübergereicht, als das Telefon klingelte. Er ging in den Flur und nahm den Hörer ab. Anneliese hörte ihn reden, konnte aber nicht verstehen, worum es ging.
Friedrich kam an den Frühstückstisch zurück: „Wir haben einen Besichtigungstermin, morgen Vormittag um elf. Wo genau ist eigentlich Wassenberg?"
„In der Nähe von Heinsberg. Moment, ich hole die Karte. Was für ein Haus ist es denn?"
„Altbau. Freistehendes Einfamilienhaus. Ein Erbfall. Scheint eine günstige Gelegenheit zu sein. Ein Herr Hennings. Ist wohl das Elternhaus. Sein Vater ist gestorben und hat bis vor zwei Monaten dort noch gewohnt. 100.000 Euro will er für das Haus haben. Da bleibt uns noch genug Spielraum für ein paar Modernisierungen. Die Heizung ist wohl schon etwas älter.

Aber lass uns mal abwarten. Wir schauen uns das Haus einfach mal an. Wir suchen schon so lange. Einmal muss es ja klappen."

Sonntags traf man sich am Waldweg Nummer 4 in Wassenberg zur Besichtigung. Der kleine Vorgarten und der Garten hinter dem Haus waren etwas verwildert und die Räume hatten sichtbar eine Renovierung nötig, aber es war genau die Art von Haus, nach der die Rabes gesucht hatten.
„Mein Vater hat hier die letzten Jahre alleine gelebt. Aber er hatte immer eine Putzfrau, die einmal in der Woche vorbeikam. Nur den Garten hat er in letzter Zeit nicht mehr in Ordnung halten können, aber ich glaube, dass Sie das ganz leicht wieder in den Griff bekommen. Ich bin häufig auf Montage. Ein Haus käme für mich nicht in Frage. Sie können das Haus mit allem drum und dran haben, inklusive aller Möbel. Für die habe ich keine Verwendung. Es sollte nur möglichst schnell gehen. Ich muss nächste Woche schon wieder nach Dubai und dann bekomme ich die nächsten Monate keinen Urlaub mehr."
Friedrich Rabe sah seine Frau an: „Anne, was meinst du? Eigentlich ist es doch genau das, was wir gesucht haben."
Anneliese betrachtete das Haus und besah sich die Umgebung: „Das geht mir etwas zu schnell. Ich hätte gerne etwas mehr Bedenkzeit. Schließlich ist es doch ein ziemlicher Schritt und dann die Möbel, wir haben doch genügend eigene, was sollen wir denn damit machen?"
„Nun, wenn Sie nicht wollen", sagte Jupp „Heute Abend kommen noch weitere Interessenten. Das

Haus ist ein echtes Schnäppchen. Wenn ich nicht so unter Zeitdruck stünde, könnte ich glatt das Doppelte dafür bekommen."
Herr und Frau Rabe sahen sich an.
„Vielleicht hast du Recht. Wir haben doch bisher immer mit allem Glück gehabt", sagte Anneliese.
Man wurde sich einig.

Der Verkauf mit Termin beim Notar und Grundbucheintragung ging innerhalb von einer Woche über die Bühne. Und schon freitags waren die Rabes stolze Besitzer eines Einfamilienhauses.
Die Möbel wurden an den Arbeiter Samariter Bund verschenkt. Sowohl im Schlafzimmer als auch im Wohnzimmer waren die Tapeten hinter den Schränken verschimmelt. Anneliese Rabe war entsetzt, aber Friedrich Rabe meinte, der alte Herr hätte vermutlich nur nicht mehr genug gelüftet.
Dann kamen die ersten Handwerker, die man sich bestellt hatte, um die Kostenvoranschläge für die Erneuerung der Heizung zu machen. Als auch der dritte darauf hinwies, dass die Mauern aber sehr feucht aussähen und fragte, was denn der Gutachter dazu gesagt hätte, bestellte Friedrich Rabe einen Gutachter.
Herr Kamps kam morgens und ging musternd durch das Haus: „Also, das sieht nicht gut aus. Eigentlich sollte man hier auch mal genauere Untersuchungen anstellen, wegen der Statik. Ein paar Probebohrungen in den Wänden die sind ziemlich feucht. Die Zwischendecken sind nicht aus Beton. Es handelt sich um Holzdecken, wenn die Balken, die das Gewicht ja tragen müssen, schon länger feucht und

damit morsch sind, kann es sogar zum Einsturz kommen. Bewohnbar ist das Haus in diesem Zustand erst einmal nicht. Haben Sie denn keinen Gutachter vor dem Kauf hinzugezogen? Die verschimmelten Wände hätten Sie aber schon stutzig machen sollen."

„Das Haus war voll möbliert, als wir es gekauft haben. Hier hat vorher ein älterer Herr gelebt", erläuterte Frau Rabe erschrocken.

„Ja, so was hört man häufiger. Die alten Leute wohnen jahrzehntelang in ihrem Haus und die Veränderung geht schleichend vor sich, man merkt das dann gar nicht. Vielleicht ist das Dach undicht oder die Nässe steigt über die Wände nach oben. An Ihrer Stelle würde ich versuchen, den Kauf rückgängig zu machen. Hier die Kosten für die Sanierung abzuschätzen, ist recht schwierig, manchmal ist abreißen und neu bauen billiger. Ich muss jetzt weiter, meine Rechnung schicke ich Ihnen zu."

Herr und Frau Rabe begleiteten Herrn Kamps zur Tür.

Als er davonfuhr, hielt ein silberner Mercedes vor dem Garten. Ein Mann im dunklen Anzug mit einem Aktenkoffer in der Hand stieg aus und kam auf das Ehepaar zu.

„Guten Morgen. Ich wollte zu Herrn Hennings. Ich war vor zwei Monaten das letzte Mal hier. Ich habe mehrmals versucht, ihn telefonisch zu erreichen, bekam aber keinen Anschluss mehr."

„Das tut uns leid", sagte Herr Rabe „ Herr Hennings ist verstorben. Wir haben das Haus von seinem Sohn gekauft."

„Oh! Das ist jetzt aber eine unangenehme Überraschung. Mein Name ist Winfried Heller. Ich habe im

Auftrag meiner Firma mit Herrn Hennings über den Verkauf des Hauses verhandelt. Die Firma, die ich vertrete, benötigt dieses Grundstück für den geplanten Neubau ihres Verwaltungsgebäudes. Eigentlich war alles unter Dach und Fach. Ich habe den Kaufvertrag zur Ansicht hier in meiner Tasche, wir hätten jetzt nur noch einen Notartermin vereinbaren müssen. Ich weiß, das kommt jetzt für Sie etwas überfallmäßig. Aber wären Sie bereit, uns das Haus und das Grundstück zu verkaufen? Ich weiß nicht, für welchen Preis Sie das Haus erworben haben, aber wir wären bereit, 250.000 Euro zu bezahlen."

Friedrich Rabe sah seine Frau an und lächelte: „Ich könnte mir vorstellen, dass wir uns durchaus einig werden können. Hier gibt es keinen Tisch und keinen Stuhl mehr im Haus. Ich schlage vor, wir suchen uns ein Restaurant. Wenn Sie hier die Straße geradeaus durchfahren, kommen Sie an ein Hotel mit eigenem Restaurant. Dort kann man sich sicher besser unter halten. Wenn Sie vorfahren würden, wir schließen ab und kommen dann nach."

„Also das ist ja wohl gerade noch mal gut gegangen", sagte Anneliese Rabe, als ihr Mann die Tür verschloss.

„Was heißt hier gut gegangen? Wir hatten doch wohl ausgesprochenes Glück. Wenn das keine gute Rendite ist: 150 Prozent in zwei Wochen. Das macht uns so schnell keiner nach. Mal gut, dass der junge Hennings so schnell wieder ins Ausland musste."

Gerd Grunewald

Schatten

Er konnte nur kurz eingenickt sein, wirklich nur ganz kurz. Da ist doch was. War da nicht ein Geräusch? Die Zeiger seiner Armbanduhr zeigen auf viertel nach zwei.
Da ist jemand an der Tür. Kein Zweifel, da ist jemand an der Haustür des schmucken Fachwerkhauses, das einmal ein Pfarrhaus war, und am Rande eines Buchenwaldes nahe der deutsch-niederländischen Grenze liegt. Jetzt wieder: klack – klack, klack – klack. Er ist jetzt so wach, als habe gerade sein Wecker Sturm geläutet. Aufmerksam lauscht er in die Dunkelheit. Da drückt jemand gegen den Türknopf der Eingangstür. Da versucht wer, die Tür aufzudrücken. Der rüttelt nicht einfach plump, der will mitten in der Nacht keinen Lärm machen. So einfach aufdrücken lässt sich die Tür aber nicht. Auch wenn die Welt in diesem Teil Nordrhein-Westfalens, mitten im Naturpark Maas-Schwalm-Nette, nach Auffassung der hier Lebenden noch weitgehend heil ist, bei offener Tür schläft auch hier schon lange keiner mehr. Das Böse lauert schließlich überall.
Gerade, als er sich vorsichtig aus dem Sofa stemmen will, nimmt er den knapp zwei Meter hohen Schatten an der großen Panoramascheibe wahr, die sich keine vier Meter vor ihm fast über die gesamte Hausbreite erstreckt. Da steht eine schwarze Gestalt unmittelbar an der Scheibe und späht ins Wohnzimmer. Jetzt

bloß nicht entdeckt werden. Zwei müssen es also sein. So schnell kann keiner ums Haus gelangt sein. Also einer vorne an der Haustür, einer hier. Was wollen zwei Schatten mitten in der Nacht am Haus?
Seit seiner Kindheit verfolgen sie ihn. Schwarze Gestalten. Lautlos schienen sie damals durch die Bettreihen des großen Schlafsaals zu schweben in ihren langen dunklen Gewändern. Gesichtslos. Schwarze Löcher, wo eigentlich Gesichter waren. Fratzen, von einer Kapuze verborgen. Stocksteif im Bett liegen, das Zittern unterdrücken, besser nicht atmen, hieß es in jener Zeit für ihn. Vielleicht holen sie ja diesmal nicht dich. Vielleicht gehen sie heute an deinem Bett vorbei. Und wenn nicht? Irgendwann spürst du nicht mehr, was sie mit deinem Körper machen.
Bis er fünfzehn war, ging das so. Bis er abgehauen ist aus diesem verdammten Heim, das so harmlos wirkt, das so idyllisch am Waldrand lag und noch heute liegt. Das Heim hat er all die Jahre, über 20 jetzt schon, nicht wieder gesehen. Bis gestern. Doch, wohin er auch rannte, wo immer er auch – kurz zumeist – verweilte, den schwarzen Männern entkam er nicht. Sie kommen noch immer. Jede Nacht. Im Traum. Jetzt? Nein, das hier ist kein Traum.
Er zieht das Fleischermesser, das er vorhin aus dem Messerblock in der Küche gezogen hat, über seinem linken Unterarm. Jetzt fühlt er sich. Es brennt ein wenig. Einige Blutstropfen fallen auf den Teppichboden. Jetzt ist er endgültig wach. Und er ist bereit. Er wird nicht liegen bleiben. Er wird nicht hoffen, dass sie vorbei gehen, sich einen anderen suchen. Damit ist Schluss. Lange schon. Nie wieder Opfer.
Jetzt aber heißt es erst einmal, nicht entdeckt zu

werden. Verdammt, wo bleibt nur Lars? Müsste doch längst wieder da sein. Langsam und geschmeidig wie eine Riesenschlange gleitet er aus den Polstern zwischen die Couch und den Beistelltisch, wendet sich in Bauchlage und robbt hinter den Zweisitzer. Hier entzieht er sich den neugierigen Blicken fürs Erste. Er spürt wie sein Atem stoßweise geht, sein Herz schneller schlägt. Da ist es wieder, dieses Zittern. Sein Therapeut hat ihm geraten, dass er sich seinen Ängsten stellen müsse. Angst? Er? Was weiß denn so ein Psycho-Doc? Nein, Angst war das nicht. Er ist ein harter Typ, er ist doch nicht so ein Weichei. Da ist nur manchmal diese Unruhe. Die kommt ganz plötzlich. Und dann das Zittern, dieses elendige Zittern. Wie jetzt. Wie damals unter der Bettdecke, als die schwarzen Geister im Schlafsaal Opfer suchten.
„Ich bin ganz ruhig, vollkommen ruhig …“, spricht er halblaut vor sich, „und kalt, eiskalt.“ Das mit dem Kalt war seine Erfindung. Auto …, Auto … dingenskirchen - training hatten sie das in der Klinik genannt. Zwei-, dreimal die Formeln aufgesagt; zwei, drei Atemzüge und er ist ruhig, vollkommen ruhig - und kalt, eiskalt. Kein Zittern, nicht das leiseste Vibrieren. Dieser Teil der Therapie hat ihm gefallen.
Jetzt selbst nicht mehr als ein Schatten, das Messer fest in seiner Rechten, ist er schon an der rechten seitlichen Schiebetür, drückt den Hebel herunter und lässt die schwere Tür lautlos ein Stück zur Seite gleiten. So steht er mit angespannten Muskeln wie eine Raubkatze vor dem Sprung im Türspalt und starrt mit leerem Blick in den in völliger Dunkelheit liegenden Garten. Der Schatten zu seiner Linken ist inzwischen einen halben Schritt zurückgetreten und bewegt sich,

immer noch in den Wohnraum starrend auf ihn zu. Dann steht er vor ihm. Gleich einer zustoßenden Kobra rammt er das Messer unterhalb des rechten Ohres in den Hals des schwarz gekleideten Mannes und zieht es nach vorne durch die Kehle. Fast behutsam fängt er die mit einem gurgelnden Laut einknickende Gestalt auf und schleift sie hinter das Sofa. Einen Moment noch muss er sich auf die Brust des zuckend Sterbenden knien, ihm den Mund zuhalten, dann ist es vorbei. Für den schwarzen Mann, nicht für ihn.

Ein Ziel hat er jetzt erreicht. Du musst dir Ziele setzen. Klare, erreichbare Ziele. Auch das hatten sie ihm in der Therapie beigebracht. Auch da ist er immer mit Interesse dabei gewesen. Das hat was. Das ist was Handfestes, nicht dieses Psycho-Gesülze, diese Betroffenheitskacke.

Neues Ziel: „Der Zweite muss auch weg.“

Das Ziel ist klar genug. Und erreichbar ist es auch. Hoffentlich sind es auch nur zwei. Soll ja oft in Gruppen auftreten, das Pack. Verdammt, wo bleibt nur Lars?

Jetzt nur nicht ablenken lassen. Wo ist der zweite Mann? An der Eingangstür ist er nicht mehr. Auch schon hinter dem Haus?

Augenblicke später kauert er hinter dem Küchentresen und späht mit zusammengekniffenen Augen in die Dunkelheit vor ihm. Die roten LEDs der HiFi-Anlage spiegeln sich wie Dämonenaugen in der Scheibe. Ein kalter Hauch weht ihm ins Gesicht. Scheiße! Die Schiebetür steht noch offen. Ist er schon drinnen?

„Tom, Tom. Wo steckst du?“, halblaut kam die Stimme von links.

Ja, der Mistkerl ist drin. Steht jetzt drei, vier Meter links von ihm vor der Couch. Und hat eine Waffe. Kein Zweifel, der hat 'ne Knarre in der Hand. Das erschwert die Erreichung von Ziel Nummer zwei. Lautlos gleitet er schnell und unsichtbar wie ein Ninja am Tresen entlang in Richtung des schwarz gekleideten Kerls. Der umrundet gerade das Sofa und stolpert über seinen toten Kumpel Tom. Bevor er merkt, über was er da gestolpert ist, umschließt ein starker Arm seinen Hals von hinten. Dann fährt ihm die gleiche Klinge, die vor wenigen Augenblicken die Kehle seines Kumpans durchtrennte, mehrfach in den Rücken.

Auch Ziel zwei erreicht.

Lars. Wo zum Teufel ist Lars? Anrufen ist ja nicht. Ein Handy hat er sich noch nicht besorgen können. Wie auch? Wann auch? Und das Telefon im Flur hat er ja selber vor gerade einmal drei Stunden kaputt gemacht.

Entschlossen geht er in den Flur. Behutsam dreht er den Schlüssel um, öffnet die Haustür einen Spalt und späht auf die spärlich beleuchtete Straße. Um diese Zeit brennt nur jede zweite Straßenlaterne. Sparmaßnahmen. Direkt vor dem Haus steht ein Streifenwagen, schräg gegenüber ein schwarzer Golf. Die Fahrertür öffnet sich einen Spalt, die Innenbeleuchtung wirft ein gelbliches Licht auf den Fahrer. Lars. Geduckt wie ein Tier und nach allen Seiten sichernd eilt Lars auf das Haus zu.

„Verdammt, Rainer. War gar nicht so einfach, 'ne neue Karre zu finden“, keucht Lars, „und wie ich mit dem Teil um die Ecke biege, sehe ich die Bullenschleuder vorm Haus. Da bin ich erst einmal auf Tauchstation gegangen.“

„Schrei noch lauter, weckst noch die Nachbarschaft. Komm endlich rein, du Hirni. Da, nimm die Tasche. Hätt' ich nicht gedacht, dass der Alte hier so viel im Haus hat. Hat sich echt gelohnt hier – in jeder Beziehung." Bei diesen Worten verzieht Rainer sein Gesicht zu einem verächtlichen Grinsen.
„Scheiße, Mann. Scheiße. Wo sind denn die Bullen?", presst Lars hervor.
„Beruhige dich, Mann. Die tun keinem mehr was. Die wollten nur spielen. Und jetzt haben sie es sich hinterm Sofa bequem gemacht." Rainers Grinsen lässt Lars frösteln.
Jetzt erst sieht er die beiden Leichen. Die immer noch sich vergrößernde, kreisrunde Blutlache, in der die beiden Uniformierten liegen und das fahle, silbrige Mondlicht, das ins Zimmer einfällt, geben der Szenerie etwas Unwirkliches, etwas geradezu Surreales.
„Und der Alte? Sag bloß nicht, du hast auch den …", Lars ringt mühsam nach Luft und Worten.
Rainer hebt die Schultern. „Wie früher. Der gleiche Driss. Gott, Sünde, ewige Verdammnis. Voll zutexten wollte er mich wieder. Wie damals bei ihm im Beichtstuhl. Nichts geschnallt hat der, gar nichts. Der Sünder war ich, nicht die. So einem muss man doch das Maul stopfen. Bin einfach ausgerastet. Hab' ihm solange in die Fresse geschlagen, bis er keine Zähne mehr hatte. Wüsste zu gern, ob er noch was rausgekriegt hat da oben bei Petrus."
Lars kann über diesen Witz nicht lachen. Sein Kumpel macht ihm mal wieder richtig Angst.
„So, genug gequatscht. Machen wir, dass wir wegkommen hier!" Rainer ist wieder vollkommen im Hier und Jetzt.

Kaum hat Lars den Golf kurzgeschlossen und gestartet, schaltet Rainer das Radio ein.
„… und jetzt bittet die Kriminalpolizei um ihre Mithilfe. Heute Nachmittag sind zwei Insassen aus der forensischen Klinik in Bedburg-Hau ausgebrochen, nachdem sie eine Ärztin und einen Pfleger niedergestochen haben. Sie heißen Lars Beckmann und Rainer Gundling. Sachdienliche Hinweise nimmt jede …"
Rainer schiebt eine CD von Mario Müller-Westernhagen ein, die vor ihm auf der Ablage lag.
„Freiheit. Freiheit ist das einzige, was zählt …", tönt es aus dem Lautsprecher.

Irene Hissel

Die Handschrift des Mörders

Ohne anzuklopfen, öffnete jemand langsam die Tür. Jochen Heuter, der an seinem Schreibtisch saß und etwas niederschrieb, schaute überrascht auf. „Oh, du bist es. Komm doch rein!“
Sein Gast schaute ihn zornig an.
„Ist irgendetwas nicht in Ordnung?“
„Nichts ist in Ordnung. Ich weiß, wo du gerade warst. Ich habe euch gesehen. Ich hatte schon länger den Verdacht, aber es dann wirklich zu sehen - was denkst du dir eigentlich?“ Die Stimme war mühsam beherrschte Wut.
„Meine Güte, ja, tut mir leid, es ist eben passiert“, versuchte Jochen zu beschwichtigen. „Ich habe mich in sie verliebt. So ist es nun mal, ich habe versucht, es zu unterdrücken, es ging nicht.“ Hilflos zuckte er mit den Schultern.
„Du hast eine Frau und zwei kleine Kinder, hast du mal an die gedacht?“ Der Besucher schlug heftig mit der Faust auf die Schreibtischplatte.
„Ja, habe ich, ich werde die Konsequenzen tragen und sie verlassen“, sagte Jochen trotzig. „Wir werden weggehen.“
„Nein!“ Sein Gegenüber wurde blass. „Willst du uns alle zerstören?“
„Ach, und was willst du dagegen machen?“
Der Besucher schritt zu einem Waffenschrank an

der Wand mit Gewehren, zog ohne Hast die untere Schublade auf, in der Jochen Heuter mehrere Pistolen aufbewahrte, und nahm eine heraus.
„Halt! Was machst du, bist du verrückt? Lass uns doch wie vernünftige Menschen reden.“ Jochens Stimme überschlug sich.
Sein Gegenüber legte die Waffe an. Es machte „Klick“.
Jochen Heuter schnappte nach Luft. „Hast du gedacht, ich lasse meine Waffen geladen rumliegen?“
Der andere legte die Pistole zurück und nahm eine andere.
„Hör zu“, begann Jochen, während er in den nächsten Pistolenlauf blickte.
Sein Kopf flog durch den Aufprall nach hinten. Dann sackte der Körper vornüber, bis die Stirn auf der Schreibtischplatte aufschlug. Zitternde Hände wischten die Pistole ab und platzierten sie seitlich neben Jochens Kopf: Sie nahmen den rechten herunterhängenden Arm und legten die Hand neben die Waffe.
Nach einem letzten verstörten Blick verließ der Besucher den Raum.
„Komm schnell, Horst! Es ist so schrecklich.“ Der Rest ging in Schluchzen unter.
Dr. Horst Jansen war sofort am Telefon gewesen, als es läutete. „Beruhige dich, Melanie. Was ist denn passiert? Doch hoffentlich nichts mit den Kindern?“
„Nein, es ist Jochen, du musst mir helfen. Ich glaube, es war alles zu viel.“ Sie brach ab.
„Ich komme sofort, natürlich, ich bin gleich bei dir“, sagte Dr. Jansen hastig. Er blickte auf seine Armbanduhr: viertel nach zehn.

Als Arzt war er es gewohnt, zu ungewöhnlichen Zeiten gerufen zu werden, trotz des eingerichteten Notdienstes. Doch diesmal war es anders.
Er kannte Heuter seit Jahren, mit Melanie war er schon zusammen zur Schule gegangen.
„Ich muss noch mal weg“, rief er ins offene Wohnzimmer, während er im Flur nach seinem Instrumentenkoffer griff.
„Wohin denn jetzt schon wieder?“, kam schleppend die Gegenfrage. Anke Jansen saß vor dem Fernseher und schaute eine ihrer Lieblingsserien.
Horst konnte ihren Unmut verstehen Er war erst vor wenigen Minuten aus der Praxis von Quartalsabrechnungen nach Hause gekommen.
„Nach Gangelt zu Melanie und Jochen. Das war Melanie am Telefon. Da ist irgendwas nicht in Ordnung.“
„Was?“ Schon erschien Anke an der Wohnzimmertür und schaute ihn besorgt mit großen Augen an. „Soll ich nicht mitkommen? Was ist denn?“
„Ich weiß noch nicht. Nein, bleib hier, ich rufe dich an, wenn du irgendwas tun kannst.“
Jansen legte sich die Jacke über den Arm, draußen war für die Jahreszeit typisches Novemberwetter. Er war froh, als er in der Jackentasche seinen Autoschlüssel fand, den er sonst regelmäßig suchte, und eilte aus dem Haus.
Der BMW stand noch in der Einfahrt.
Von Breberen bis nach Gangelt waren es nur wenige Minuten.
Da er zum Freiwildgehege musste, lenkte er schon bald seinen Wagen durch eines der alten Gangelter Stadttore. Sogar auf der Heinsberger Straße war um

diese Zeit nicht mehr viel los und vor dem viel besuchten Lokal, dem 2-Ländereck, waren schon wieder einzelne Parkplätze frei.
Nachdem er das zweite Tor durchfahren und hinter Mindergangelt rechts abgebogen war, tauchte rechts auch schon das weitläufige Gelände auf, das zum Park gehörte.
Jochen Heuter war dort als Falkner angestellt und bewohnte mit seiner Familie ein der Gemeinde Gangelt gehörendes, kleines Haus in der Nähe des Haupteingangs.
Dr. Jansen parkte gegenüber auf einem der zahlreichen Parkplätze neben dem kleinen See, der dunkel zwischen kahlen Bäumen schimmerte.
Der alte VW Kombi stand vor dem Haus.
Der Arzt hatte seine Hand noch nicht ganz zur Klingel erhoben, als die Tür auch schon aufgerissen wurde.
Die zierliche Melanie schaute ihn mit verheulten Augen an, doch sie sagte leise und gefasst: „Bitte, mach keinen Lärm, die Kinder sind oben. Ich bin froh, dass sie noch nichts mitbekommen haben. Komm mit, es ist hinten.“
Sie ging voraus durch eine kleine Küche und über den Hof in einen Anbau des Hauses, den der Falkner sich als Büro eingerichtet hatte.
Doch wirkte der Raum mehr wie ein Jagdzimmer mit seinen präparierten Greifvögeln an den Wänden, dem Waffenschrank und einem Regal mit Büchern über die Jagd und Fachliteratur über die Falknerei.
An der der Tür gegenüberliegenden Wand stand der großer Schreibtisch. Dahinter hing auf dem Stuhl reglos Jochen Heuter. Sein Kopf lag auf der Schreibtischplatte. Sein Gesicht war zur Seite gedreht, so-

dass deutlich auf der Stirn ein kreisrunder Einschuss zu erkennen war.
„Oh, mein Gott“, entfuhr es dem Arzt, „Melanie, hast du schon die Polizei angerufen?“
„Nein, ich wollte erst, dass du kommst. Ich bin so durcheinander. Ich kann gar nicht klar denken.“
„Das verstehe ich ja. Aber du musst sie trotzdem so schnell wie möglich anrufen.“ Er trat zum Schreibtisch und fühlte instinktiv nach dem Puls, dabei sagte ihm ein Blick in die leblosen Augen genug.
„Aber siehst du nicht, er hat sich umgebracht.“ Sie flüsterte nur: „Einfach davongemacht. Jetzt kann ich zusehen, wie es weiter gehen soll.“
Horst schaute sie an. „Wieso soll er das getan haben, was war denn los?“
Melanie zog die dünne Strickjacke enger um sich, als würde sie frieren, und berichtete dem Freund, dass sie aus dem Haus ausziehen müssten.
Die Gemeinde meinte wohl, eine Sanierung des alten Gebäudes sei zu teuer. Also habe ihr Mann vor einiger Zeit Geld in Aktien angelegt, um eine Anzahlung für einen Bungalow am Kahnweiher zu leisten. Nur waren die Aktienjetzt fast nichts mehr wert, die Optionen letzte Woche verfallen und damit die Anzahlung dahin.
„Er war in letzter Zeit oft sehr still und ist viel weggefahren. Ich habe gehofft, er sucht nach einer Lösung, aber so eine?“
Die Tränen liefen ihr wieder über das Gesicht, als sie hilflos auf die Leiche blickte.
„Aber warum habt ihr denn nichts gesagt, wir hätten euch doch helfen können.“
„Nein, dazu war er natürlich zu stolz. Keiner sollte

es wissen, außerdem hat er sich geschämt, dass er so dumm war und auf einen Aktiengewinn spekuliert hat."

Der Arzt ging erneut zum Schreibtisch. „Bist du sicher, dass es kein Unfall war, vielleicht ein Versehen, irgendwas?"

„Ja, bin ich, ich habe ja seinen Kopf hochgenommen und zur Seite gedreht, dabei habe ich das hier gefunden." Sie reichte ihm ein Blatt Papier.

Ungefähr in der Mitte des Blattes erkannte der Arzt einen kreisrunden Blutfleck und darüber las er: „Liebe Melanie, es tut mir leid, dass ich Dir und den Kindern so viel Kummer bereiten muss, aber ich kann nichts dagegen machen. Meine Gefühle sind stärker als ich."

„Wenn es ein Unfall wäre, bekäme ich wenigstens was von der Lebensversicherung und die Kinder wären versorgt. Die Versicherung ist, soviel ich weiß, über eine höhere Summe abgeschlossen."

Sie senkte den Kopf. „Die Kinder", sie unterbrach kurz, „glaubst du, ich meine, es ist doch schon schrecklich genug, dass er tot ist, aber wenn es so aussehen würde wie ein Unfall. Ich brauche das Geld ja nicht für mich, aber für die Kinder."

Ihre Stimme wurde schneller. Hoffnungsvoll blickte sie ihn an. „Bitte, Horst, kannst du mir helfen?", flehte sie. „Ich weiß sonst nicht, was ich machen soll."

Dr. Jansen überlegte kurz, dann nahm er sie in den Arm und sagte beruhigend: „Ja, das machen wir. Ich helfe dir. Du rufst die Polizei an und sagst, du hättest deinen Mann gefunden und schon den Arzt gerufen. Den Rest überlässt du mir. Er hat doch sicher noch mehr Pistolen, oder?"

„Ja, in der Schublade unter den Gewehren." Melanie deutete auf den Waffenschrank. Der Arzt zog die Schublade auf und fand drei Waffen, mehrere Kugelpackungen und Reinigungsutensilien.
„Geh jetzt telefonieren und vernichte das Blatt", bestimmte er ruhig.
Dann nahm er ein Taschentuch aus der Tasche und legte zwei weitere Pistolen auf den Schreibtisch, außerdem noch eine größere silberne Blechdose, die er öffnete, und Lappen, Ölfläschchen und Bürstchen, die er zurechtlegte. Es sollte so scheinen, als habe der Tote die Waffen reinigen wollen.
Gemeinsam warteten sie in der Küche, bis die uniformierten Polizisten eintrafen.
Sie riefen nach kurzer Untersuchung die Kollegen von der Kriminalpolizei, die der ermatteten Melanie erläuterten, die Leiche müsse ins Gerichtsmedizinische Institut gebracht werden.
„Aber, wieso das denn?", fragte Jansen erstaunt. „Ist die Sachlage denn nicht eindeutig? Für mich als Mediziner ist sie das zumindest. Hier ist doch wohl von einem Unfall auszugehen. Ich wollte schon den Totenschein ausstellen, ich habe nur darauf gewartet, dass Sie Ihre Zustimmung geben."
Eindringlich redete er auf die beiden Beamten ein. Einer davon, der Ältere mit einem gestutzten Vollbart, der sich als „Aufsfeld" vorgestellt hatte, schüttelte den Kopf.
„Das mag ja Ihre Ansicht sein. Aber wissen Sie, wie viele Tatbestände jedes Jahr unentdeckt bleiben, nur weil der Hausarzt schreibt: Unfall, Herzinfarkt oder Schlaganfall? Wir sind bei der kleinsten Ungereimtheit angewiesen, die Kollegen von der Gerichtsme-

dizin zu bemühen. Wenn alles seine Richtigkeit hat, geben diese nach ein paar Tagen den Leichnam zur Beerdigung frei. Sie hören dann von uns oder von der Staatsanwaltschaft."

Dr. Jansen sorgte dafür, dass Melanie ein Beruhigungsmittel nahm und sich hinlegte, bevor er nach Hause fuhr.

Seine Frau erwartete ihn schon ungeduldig.

Anke war nach seinem Bericht schockiert. „Jochen ist tot? Selbstmord?", fragte sie blass werdend und setzte sich auf einen Stuhl.

Horst berichtete ihr die finanzielle Notlage und Melanies Befürchtungen.

„Nein, das kann nicht sein, ich glaube das nicht." Sie stand auf. „Ich gehe noch duschen und dann ins Bett. Wir reden morgen, ja?" Ohne ihn anzusehen, ging sie nach oben.

Bald darauf hörte man schon das Wasser rauschen.

Er vergewisserte sich mit einem kurzen Blick in dessen Zimmer, dass sein 17-jähriger Sohn Matthias in seinem Bett lag und wohl schon schlief. Wenigstens einer, der hier heute ohne Aufregung ruhig schlafen kann, dachte er, bevor er die Zimmertür zuzog.

Die Nachricht vom Tod des Falkners, und der mysteriösen Umstände, unter denen er sich ereignet hatte, machte in Gangelt schnell die Runde.

Seltsamerweise stiegen sogar kurz die Besucherzahlen des Freiwildgeheges für die Jahreszeit ungewöhnlich an. Als müsse man vor Ort gewesen sein, um bei dem Todesfall mitreden zu können.

„Wie die Geier. Als ob Melanie nicht schon genug

durchmachen muss“, beklagte sich Dr. Jansen bei Matthias, als er einmal von der Arbeit nach Hause kam.
Sein Sohn bereitete gerade in der Küche etwas zu essen vor.
„Wieso machst du das Essen?“
„Anke geht es nicht so gut, sie hat sich hingelegt. Ich dachte, ich mach schon mal was Einfaches und bring es ihr hoch.“ Matthias drehte seinen schlanken Körper halb vom Herd herum und schaute ihn kurz an.
Er nannte die zweite Frau seines Vaters nie Mutter, obwohl sie nach kurzen Schwierigkeiten ein gutes Verhältnis zueinander gefunden hatten.
Matthias füllte Suppe in einen Teller, stellte ihn zusammen mit einem Glas Wasser auf ein Tablett und ging.
Horst schaute nachdenklich seinem Sohn die Treppe hinauf nach, als es läutete.
Es waren die beiden Beamten der Kripo, die er schon kannte.
Sie hätten einige Fragen an ihn, den Mordfall Jochen Heuter betreffend.
„Mordfall?“ Der Arzt dachte, sich verhört zu haben.
„Ja, die Untersuchungen lassen keinen anderen Schluss zu“, bestätigte einer der Beamten, während Horst sie verstört ins Wohnzimmer bat. „Sind Sie sicher, dass es kein Selbstmord war?“
„Ja, sind wir.“ Der Polizist schaute ihn misstrauisch an. „Die Mordwaffe lag zwar vor ihm, doch ist der Schuss aus drei bis vier Metern Entfernung abgegeben worden. Deshalb müssen Sie uns genau mitteilen, was an diesem Abend aus Ihrer Sicht passiert ist.“

Horst befand sich im Zwiespalt. Was sollte er erzählen? Hatte Melanie ihn angelogen?
Unmöglich, dachte er, aber wenn er alles sagte, brachte er Melanie in Verdacht. Oder sogar sich selbst?
Vorsichtig berichtete er von dem Anruf und dass er Frau Heuter angeraten hätte, die Polizei anzurufen. Aber es habe für sie beide nach einem Unfall ausgesehen.
„Leider war Jochen mit seinen Waffen manchmal etwas nachlässig. Aber er hatte das Zimmer wohl immer verschlossen, damit die Kinder bei seiner Abwesenheit nicht an seine Sachen kamen."
„Wir haben Erkenntnisse, dass Herr Heuter ein Verhältnis zu einer anderen Frau hatte. Wissen Sie etwas darüber?"
Der Mann von der Kripo schaute ihn bei dieser Frage genau an.
„Was? Nein, das wusste ich nicht."
„Ist Ihre Frau zu Hause, wir müssen auch sie befragen."
Horst nickte kurz. „Ja, aber sie hat sich hingelegt, ein Infekt vermute ich. Geht es auch ein anderes Mal?"
Die beiden Beamten ließen eine Karte da und baten darum, Frau Jansen solle sich am nächsten Morgen im Präsidium in Heinsberg melden.
Als die beiden gegangen waren, ließ Horst sich in den Sessel fallen und versuchte, klar zu denken.
Ein Mord, unfassbar! Und dann noch die Sache mit dem Verhältnis. Arme Melanie. Was hatte außerdem dieser Brief, den Melanie gefunden hatte, dann zu bedeuten?

Er musste schleunigst zur Nachmittagssprechstunde in die Praxis.
Auf dem Weg bemerkte er, gar nicht mehr nach Anke gesehen zu haben.
Schon seit längerem hatten sie nicht mehr in Ruhe miteinander geredet oder gemeinsam etwas unternommen. Nur sie beide. Er würde versuchen, sich ein paar Tage frei zu machen und sie mit einem Kurzurlaub überraschen, nahm er sich vor. Das würde ihnen sicher gut tun.
Abends ging es Anke aber schon besser. Sie kam gerade mit Matthias vom Einkaufen zurück, als er nach Hause kam.
„Ich glaube es war nur der Kreislauf, ich fühlte mich so schlapp und schwindelig, aber dann ging es auf einmal wieder besser. Wir waren in Heinsberg. Matthias brauchte dringend neue Sachen."
Sie deutete auf ein paar Tragetaschen, die Matthias mit einem leichten Lächeln hinauf in sein Zimmer trug.
Horst fiel der nachmittägliche Besuch ein. Er fischte die Karte aus seiner Tasche, „Hier, da sollst du dich morgen früh um zehn melden."
Seine Frau blickte ihn fragend an.
„Heute Nachmittag war die Kripo hier. Aber ich habe gesagt, dir wäre nicht gut", erklärte er.
Anke wurde etwas blass. „Was soll ich denn dort?"
Er zuckte mit den Schultern. „Stell dir vor, Jochen ist ermordet worden, und jetzt befragen sie eben alle, die ihn kannten."
Anke schwieg betroffen.
„Ich denke schon die ganze Zeit an die arme Melanie. Wie muss es ihr nur gehen, und wer könnte wohl

einen Grund haben, so etwas Schreckliches zu machen?", sagte Horst zu seiner Frau.
Sie schaute ihn nachdenklich an, dann wandte sie sich abrupt ab. „Ich bringe eben ein paar Sachen nach oben, dann mache ich Essen", murmelte sie und ließ ihn stehen.

Als Horst am nächsten Mittag aus der Praxis kam, saß Anke im Wohnzimmer auf der Couch und starrte auf die Wand, ohne ihn zu begrüßen.
Er sah, dass sie geweint hatte, und war bestürzt.
„Was ist denn los mit dir?" Er setzte sich in den Sessel gegenüber.
„Ich war zu dieser Befragung auf dem Präsidium in Heinsberg. Es war schrecklich."
Anke senkte den Kopf, damit sie ihn nicht ansehen musste.
„Sie haben so viele Fragen gestellt, immer wieder, schlimme Fragen. Ich konnte auf einmal nicht mehr, da …" Sie stockte.
Horst beugte sich nach vorne „Ja?"
„… habe ich ihnen alles gesagt", fuhr sie so leise fort, dass er sie kaum verstehen konnte.
„Wie, alles gesagt?" Horst verstand nicht, wollte nicht verstehen.
Anke schaute aus dem Fenster in den grauen Herbsttag hinaus ohne wirklich etwas zu sehen.
„Ich war es. Ich war seine Geliebte! Es tut mir sehr leid, dass es so weit gekommen ist und dass du es so erfahren musst."
Horst sagte nichts. Er hatte ein dumpfes Rauschen in den Ohren und fühlte sich, als würde er fallen, und er wusste, wenn er aufschlug, würde der Schmerz

kommen. Etwas in ihm weigerte sich zu realisieren, was er gerade gehört hatte.
Sie wandte ihren Blick und sah ihn an. „Ich kann dir nicht erklären warum, und ich will auch nichts entschuldigen. Er war einfach da. Du warst immer nur für andere da, aber nicht für deine Familie, nicht für mich."
Hatte sie Recht? Horst fühlte sich wie betäubt. Wann hatte er das letzte Mal ein richtiges Gespräch mit seinem Sohn geführt? Wann seiner Frau gezeigt, wie sehr er sie schätzte und brauchte? Alles war immer selbstverständlich und ging unter in der täglichen Erledigung seiner vielen Pflichten.
Plötzlich sprang Anke auf. „Oh, nein! Was ist, wenn sie den Brief finden?" Sie war völlig aufgelöst.
Horst war verwirrt. Was war jetzt los?
Als es an der Tür läutete, schreckte er aus seinen Gedanken auf.
Mit einem unguten Gefühl öffnete er den Männern von der Kripo die Tür.
Sie kamen ohne Umschweife zur Sache.
„Herr Dr. Jansen, wir möchten Sie bitten, auf das Präsidium mitzukommen, um uns ein paar Fragen zu beantworten."
Er nickte wortlos, griff automatisch seine Jacke von der Garderobe und folgte den beiden zu ihrem Fahrzeug.

Auf der Wache in Heinsberg führten sie ihn in den ersten Stock zu einem recht einfach ausgestattetem Zimmer mit zwei gegenüber stehenden Schreibtischen.
Nur auf einem standen ein Monitor und eine Tastatur,

auf dem anderen ein Telefon und ein paar Aktenordner.
Der jüngere Beamte setzte sich eifrig vor den Monitor und schaltete den Computer ein.
Horst nahm auf einem Stuhl Platz, den der andere für ihn von einer Wand vor die beiden Schreibtische gezogen hatte.
„Dies ist eine offizielle Vernehmung, mein Kollege wird alles mitschreiben. Sie brauchen nichts auszusagen, was Sie selbst belastet“, brummte derjenige, der sich an jenem Abend als Oberkommissar Aufsfeld vorgestellt hatte.
Der Arzt nickte mechanisch, irgendwie fühlte er sich wie in einem Alptraum, wann würde er aufwachen?
„Herr Dr. Jansen, wir sind auf einige Ungereimtheiten gestoßen und hoffen auf eine Erklärung aus Ihrer Sicht“, begann der Kommissar, nachdem der Kollege alle erforderlichen Daten aufgenommen und eingetippt hatte.
Noch einmal beharrte der Beamte auf einer Schilderung der Ereignisse jenes Abends und Horst erzählte alles, ohne etwas auszulassen.
„Nun ja, das deckt sich ja in etwa mit der Aussage, die wir von Frau Heuter bekommen haben“, meinte der Kommissar, als der Arzt geendet hatte.
„Was nicht heißen muss, dass Sie uns nun die Wahrheit sagen. Bei der ersten Befragung haben Sie ja anscheinend auch einiges verschwiegen. Vielleicht haben Sie auch nur einen Unfall vorgetäuscht, um einen Mord zu vertuschen. Wir haben bei der Vernehmung Ihrer Frau außerdem noch einige interessante Hinweise bekommen.“
Der jüngere Beamte reichte ihm nach einem for-

dernden Blick einen dünnen Aktenordner von seinem Schreibtisch.
„Also da habe wir zum einen, nun ja, das wirklich klassische Motiv“, herausfordernd sah er Horst an. „Wussten Sie etwas darüber, dass Ihre Frau und Ihr Freund Jochen Heuter ein Verhältnis hatten?“
„Ja, nein, das heißt, ich weiß es jetzt. Meine Frau hat es mir eben erst gesagt“, murmelte Horst.
Der Beamte musste sich vorbeugen, um ihn zu verstehen. „Nun, wenn Sie dabei bleiben, es nicht vorher gewusst zu haben, was wir ehrlich gesagt nicht glauben, dann muss ich Ihnen wohl etwas zeigen.“
Der Kommissar nahm ein Blatt Papier aus dem Ordner und legte es vor Horst auf den Schreibtisch.
„Bei der Durchsuchung von Heuters Schreibtisch fanden wir das hier. Ihre Frau muss ihn an ihren Liebhaber weitergegeben haben, damit dieser Bescheid wusste und gewarnt war. Er konnte ja nicht ahnen, dass der Verfasser doch noch bei ihm auftauchen würde, um seine Drohung wahr zu machen.“
Ungläubig starrte Horst auf einen Brief ohne Unterschrift.

Liebste Anke, Ich weiß Bescheid über dich und deinen Geliebten. Du hast mir sehr weh getan. Ich dachte, du wüsstest, wie sehr ich dich brauche und liebe. Du bist mein Leben. Seit du bei mir bist, weiß ich, was Glück heißt.
Jeden Tag genieße ich deine Nähe aufs Neue und es ist, als ob die Sonne aufgeht, wenn du ins Zimmer kommst.
Der Gedanke, ohne dich leben zu müssen, ist unerträglich.

Bitte verlasse mich nicht, ich wüsste nicht, was ich ohne dich machen soll. Wenn er dich mir wegnimmt, bringe ich mich um, oder ihn.

Der Beamte musterte ihn genau.
Horst wurde mit einem Mal übel. Plötzlich wurde ihm alles klar.
Er schaute aus dem Fenster, um Zeit zu gewinnen. Seine Gedanken überschlugen sich.
Wie hatte er nur so blind sein können? Alles hätte anders kommen können, wenn er aufmerksamer gewesen wäre und sich um seine wichtigste Pflicht gekümmert hätte.
Es gab nur eine Lösung für sein Versäumnis.
Er hatte die Schrift seines Sohnes sofort erkannt. Beschämt senkte er den Kopf.
„Ja, Sie können mich verhaften, ich bin schuldig ..."

Christian Fahlenbock

Der Verrat

1.

Das Spiegelbild

Was ist das für ein Reich, in dem das Böse stets obsiegt?

Was ist das für ein Reich, in dem die Seele vor ihm niederkniet?

Was ist das für ein Reich, in dem der Kummer sich selbst ernährt?

Was ist das für ein Reich, in dem der Mensch sich selbst erfährt?

Unauffällig durchquerte ich die Bar und setzte mich an einen grob gezimmerten Holztisch. Eine Mischung aus Schweiß, Nikotin und billigem Fusel, den der Wirt am Tresen ausschenkte, schlug mir entgegen. Der ölige Gestank des Kummers gärte in der Luft. Von allen Seiten warf man mir misstrauische Blicke zu. Unwillkürlich verzog ich das Gesicht.

Ich erblickte abgehalfterte Alkoholiker in abgerissenen Klamotten auf Barhockern sitzend. Sie starrten glasig in das milchig-trübe Gesöff vor ihnen. Es war einmal ihr Heilmittel gewesen. Das Elixier einer lange verlorenen Glückseligkeit.

Eine abgemagerte Gestalt saß in der Dunkelheit. Ihr Gesicht war ein prangendes Mahnmal stummer Verzweiflung, Lethargie und Hoffnungslosigkeit. Als

ich meinen Blick von ihr abwandte, ließ sie unauffällig ein Tütchen mit einem fünfblättrigen Symbol zurück in ihre Hosentasche gleiten.
Am Tresen stand so ein großer, kahl geschorener Typ in Bomberjacke. Er war dermaßen blau, dass er zu synkopierten Jazz-Phrasen aus dem Kofferradio das Deutschlandlied anstimmte, während die anderen Typen am Tresen ihn nur verständnislos anglotzten.
Dort hinten erblickte ich ein seltsames Paar, das zur Jazzmusik tanzte. Er war ein muskulöser Farbiger mit ebenholzschwarzer Haut. Sie war eine zerbrechliche Schönheit mit langem, blondem Haar und einem Engelsgesicht. Die beiden strahlten eine eigentümliche Faszination aus. Eine grandiose Mixtur aus Kokain und hartem Alkohol schien sie in einen Vulkan sprühender Lebensenergie verwandelt zu haben.
Manche Gäste klatschten. Andere prosteten der Blondine zu. Bomberjacke hingegen funkelte die beiden aus hasserfüllten Augen an. Schließlich schlug er mit der geballten Faust auf den Tresen, während seine Lippen flüsternd das Wort „Blutschande“ formten.
Die beiden bemerkten von alldem nichts. Sie waren berauscht von der wilden Intensität ihres Tanzes. Immer weiter wirbelten sie durch die Bar. Ihre Körper gingen ineinander über wie in einem dieser expressionistischen Tagträume. Ein schwankender Leviathan. Aus dem Kofferradio drangen bald schon schrillere Töne. Improvisiertes Jazz-Gedudel ging in einen treibenden Rock’n’Roll-Rhythmus über. Die beiden ließen sich fallen wie Treibgut auf stürmischer See. Immer schneller und schneller wirbelten sie, bis sich der Song irgendwann in einem Stakkato stampfender Achtelbeats entlud. Danach ein letztes Erdbeben in

vollkommener Ekstase, ein letztes Aufbegehren gegen die natürliche Ordnung der Welt und die beiden stürzten zurück in die atemlose Nacht.
Ich wandte mich ab und versuchte mich von allen Gedanken zu befreien. In meinem Geist sah ich ein letztes Mal das Bildnis der schönen blonden Tänzerin. Verzweifelt versuchte ich, es festzuhalten. Doch es entglitt mir. Immer mehr, immer mehr... Schließlich zerschellte es. Es zerbarst in Millionen Scherben glänzenden Kummers. Tränen rannen über meine Wangen und mehr denn je fühlte ich in diesem Augenblick die erdrückende Last der Einsamkeit in mir. Warum nur hatte das Schicksal mich heute an diesen Ort geführt? Warum nur hatte es mich zum stummen Zeugen dieses Schauspiels gemacht? Warum nur hatte es mich auserkoren, sein Schüler zu sein? Warum nur? Warum?

2.

Bedrohliche Schatten reckten sich mir entgegen. Verzerrte Fratzen im Dunkel der Nacht. Der Himmel glich einem tosenden Mahlstrom und der Tod hatte mich fest in seiner Gewalt. Schäbige Monolithen erhoben sich aus undurchdringlicher Schwärze. Ein Leichentuch dichten Nebels umgab mich. Da war etwas im Nebel. Etwas, das ich fürchtete und vor dem ich die Flucht ergriff. Eine Bestie, empor gestiegen aus den dunklen Abgründen meiner Seele. Die Bestie war direkt hinter mir. Ich spürte, dass sie mich jagte. Gleich würde sie zupacken. Gleich würden sich messerscharfe Klauen in mein Fleisch bohren. Atemlos rannte ich vor ihnen davon, hinein in die rabenschwarze Nacht.

Keuchend erwachte ich. Das Klingeln eines Mobiltelefons in der Dunkelheit.
Was war gestern Abend bloß mit mir geschehen? Ein Gefühl, als wäre ein ausgewachsener ICE mit Volldampf gegen meinen Schädel gerast. Verschwommene Erinnerungen vermischten sich mit surrealen Impressionen. Es ergab sich einfach kein klares Bild.
Verzweifelt tastete ich nach meinem Handy. Wo versteckte sich das verdammte Ding bloß wieder? Das schrille Geklingel trieb mich noch in den Wahnsinn. Da, da war es. Verschlafen nuschelte ich meinen Namen in den Hörer: „Meyer, hier! Wer in Gottes Namen …? Wer? Ach, du! Du bist es. Kannst du mir mal sagen, warum du hier um vier Uhr morgens bei mir…? Was? Was sagst du da? Du spinnst ja! Ein Mord? Hier bei uns? Wirklich? Ein Mord, sagst du?“

3.
Schon von Weitem erblickte ich den Tatort. Es war eine armselige Bruchbude im Elendsviertel der Stadt. Langsam ließ ich meinen Wagen am Straßenrand auslaufen und näherte mich der Wohnung. Auf der Tür verkündete ein großes Graffiti die Parole „Ehre, Treue, Pflicht“. An wen oder was erinnerte mich das nur?
Der Geruch des Todes verunreinigte die Luft. Meine Kollegen standen in einem miefigen Schlafzimmer und suchten verzweifelt nach Hinweisen. Vergilbte Tapete schälte sich von den Wänden.
Es war in der Nacht geschehen. Jemand hatte sie umgebracht, während sie geschlafen und von einem besseren Leben geträumt hatte. Da lag sie auf ihrem

Bett. Ein letzter Ausdruck des Schreckens verunstaltete ihr makelloses Gesicht. Da lag sie. Da lag sie. Sie …
Schlagartig kehrte meine Erinnerung zurück. Vor mir auf dem Bett lag jene wunderschöne Gestalt. Vor mir auf dem Bett lag die blonde Tänzerin aus der Bar.
Ich erblickte ein Hakenkreuz, das jemand mit einem schwarzen Filzstift auf die Tapete geschmiert hatte. Dahinter stand in großen Lettern das Wort Verrat.
Irgendwer reichte mir ein in Leder gebundenes Büchlein. Es war ihr Tagebuch. Als ich die erste Seite aufschlug, erschrak ich. Ein vergilbtes Polaroid-Foto offenbarte harte Gesichtszüge. Es war die Bomberjacke aus der Bar. Erbarmungslos lachte er mir entgegen. Ein höhnisches Lachen voller Verachtung für alles Lebendige. Mit einem Mal wurde mir alles klar.
Ich übergab meinen Kollegen das Tagebuch und wies ihn auf die Fotografie hin: „Der hier war es. Ich weiß es. Der hier. Hab das Opfer gestern Abend zusammen mit einem Farbigen gesehen. Der hier war auch dort und hat irgendwas von Blutschande gefaselt."
Erstaunte Blicke trafen mich. Misstrauische Blicke.
„Es war gestern Abend … in einer Bar… War rein zufällig dort", stotterte ich.
Ein jugendlicher Kollege stand mir bei. „Macht irgendwie Sinn…", erwiderte er.
Prompt wandten sich alle Blicke von mir ab. Der schlaksige Junge stand nun allein im Mittelpunkt des Interesses. Er zögerte. „Das Hakenkreuz an der Wand. Er fühlte sich wohl von ihr verraten."

Dann eine kehlige Stimme aus dem Hintergrund: „Wenn das stimmt, müssen wir sofort eine Fahndung einleiten. Den kriegen wir. Das Schwein kommt uns nicht davon."
Die Jagd sollte also beginnen, und mit einem Mal waren wir uns alle einig darüber, den Täter gefunden zu haben. Es gab keine Zweifel mehr. Er war es. Er musste es gewesen sein. Er hatte es getan. Nur er war dazu in der Lage gewesen. Er allein war zu so etwas fähig.

4.
Bestialischer Racheakt – Neonazi verstümmelt seine Freundin!
Die Neonazi-Szene hat wieder zugeschlagen! Gestern Nacht wurde die aus Geilenkirchen stammende Mona S. in ihrer Wohnung brutal ermordet. Als Hauptverdächtiger gilt ihr Freund Rudolf H. Der einschlägige vorbestrafte Neonazi ist für die Polizei alles andere als ein unbeschriebenes Blatt.
Ermittlungen laufen auf Hochtouren. Aber handelt es sich bei dem Mord wirklich um einen bestialischen Racheakt?
Experten warnen vor der braunen Bedrohung. Was ist das Ziel der Hitler-Jünger? Sind NPD-Mitglieder in den Mord verwickelt.
Ihr Boulevard-Blatt bleibt am Ball! (Weiteres im Innenteil unter dem Titel: Verschwörung)

5.
Ein lautes Klirren, als ich durch die gläserne Tür trat. Im Schaufenster hingen einige großkalibrige Gewehre. An der Wand stapelten sich die Jagdmes-

ser in hölzernen Regalen. Auf einem hohen Board erblickte ich eine zerfledderte, nur schlecht vor den Augen der Kunden verborgene Ausgabe von „Mein Kampf“ neben diversen Biographien bekannter Nazi-Größen. Ein Fall für den Staatsschutz, dachte ich mir. Der Besitzer des Waffenladens, ein bierbäuchiger Mittvierziger mit Halbglatze, stand hinter dem Tresen und blickt mich unverwandt an.
Als ich ihm das Foto aus dem Tagebuch zeigte und ihn ungeduldig danach befragte, ob er den Typen auf dem Bild kenne, schüttelte er heftig mit dem Kopf.
„Nein“, stammelte er. „Den kenn ich nicht. Was soll das? Lassen Sie mich gefälligst mit so was in Ruhe!“
Da war etwas. Ein flehender Unterton in seiner Stimme. Er log mich an und ich spürte, dass er mich anlog.
Der richtige Hebel. Ich brauchte nur den richtigen Hebel, um den ins Stocken geratenen Fluss seiner Erinnerungen freizusetzen.
„Hören Sie“, sagte ich. „Sie sind doch vorbestraft. Dieser Typ hier ist ein Mörder und wenn Sie den decken, wandern Sie geradewegs zurück in den Bau!“
Der Kerl verzog keine Miene. Die Clint-Eastwood-Masche zog scheinbar nicht bei Neo-Nazis. Irgend so ein beschissener Ehrenkodex schien ihn davon abzuhalten, mir die Wahrheit zu sagen. Sollte ich das Buch und den Staatsschutz ins Spiel bringen? Einer Eingebung folgend beschloss ich, einen Schuss ins Blaue zu wagen. Stümperhaft versuchte ich mich an einer Imitation des Sprechers einer bekannten Donnerstagabend-TV-Serie.

„Natürlich ist eine hohe Belohnung ausgesetzt für Hinweise, die zur Ergreifung des Täters…“
Ich hatte ihn. Das Zauberwort Belohnung erweckte Dornröschen aus seinem Winterschlaf.
Sesam öffne dich! Das Glitzern von Gier in seinen Augen.
Sesam öffne dich! Ein heftiges Zittern erfasste ihn.
Sesam öffne dich! Ich bemerkte Speichel, der sich in seinen Mundwinkeln sammelte.
Endlich. Ich hatte ihn soweit. Ich hatte ihn soweit, mir all das zu sagen, was ich unbedingt wissen musste. Endlich. Ich hatte ihn. Endlich hatte ich ihn.

6.
Es war ein graues Hochhaus am Rande der Stadt. Die Wohnung lag im sechsten Stock. Hoffentlich stimmte der Tipp. Hoffentlich… Uniformierte Beamte bezogen ihre Posten. Irgendjemand klopfte an der Zimmertür. Keine Reaktion. Jenseits der Tür hämmerte lauter Rechtsrock aus den Boxen: „Wir sind arische Kämpfer, deutsche Patrioten, nationale Sozialisten…“
Der trockene Kommentar meines Vorgesetzten: „Tja, die Musik… Er hört uns nicht.“ Ein sanftes Lächeln umspielte seine Lippen. Der Jäger hatte seine Beute eingekreist.
„Kommt schon, Jungens! Der hat seine Chance gehabt. Brecht die Tür auf! Jetzt mal mit Schmackes.“
Das Geräusch von zersplitterndem Holz. Die Musik verstummte. Uniformierte stürmten in die Wohnung. Jemand brüllte: „Hände über den Kopf und nicht bewegen, du Dreckschwein!“
Vor uns stand er. Ohne Zweifel. Er war es. Vor uns

stand der kahl geschorene Typ aus der Bar. Wir hatten ihn. Wir hatten ihn. Endlich!
Es war vorbei.

7.
Im Polizeipräsidium brach Bomberjacke weinend vor uns zusammen.
„Ich hab das nicht gewollt“, schrie er.
Fast schon ein Geständnis, dachten wir, als wir seinen wilden Gefühlsausbruch miterlebten. In der Vernehmung würde er natürlich irgendeine wilde Geschichte erfinden. Das taten sie alle. Sein Anwalt würde ihm einimpfen, nur ja alles zu leugnen, was ihm meine Kollegen an den Kopf warfen. Mir war es vollkommen gleich, ob er an seiner Geschichte festhalten würde oder nicht. Niemand würde ihm jemals noch etwas glauben. Ein Typ wie er war einfach zu allem fähig.
„Ich hab das nicht gewollt. Nein. Bitte helfen Sie mir!“, flehte er.
Es war einfach nur noch ekelhaft, mit anzusehen, wie der Typ auch jetzt noch versuchte, sich irgendwie aus seiner Misere rauszuwinden. Niemand würde ihm helfen. Natürlich nicht. Er hatte sein Leben gründlich in den Sand gesetzt. Das hatte er nun davon. Das Schwein. 25 Jahre hinter Schloss und Riegel. Der Typ hatte es einfach nur verdient.

8.
Der Fall war erledigt. Der Mord an Mona S. aufgeklärt. Schachmatt. Auf der Straße kaufte ich mir an einem Kiosk das Boulevard-Blatt und schlenderte gemütlich durch die ersten Sonnenstrahlen eines aufkeimenden Frühlings. Ich fühle mich glücklich und

befreit und summte: „Always look on the bright side of life." Das Leben war gut zu mir.
Dann erblickte ich auf der anderen Straßenseite ein glückliches Paar. Eine kurze Umarmung. Ein flüchtiger Kuss. Klick...
Einige Kinder auf der Straße, die einen dicken Jungen hänselten und mit Kieselsteinen bewarfen. „Lauf, Schweinchen, lauf!" Klick...
Einige jugendliche Türken an der Straßenecke. Der Anführer pöbelte einen schlaksigen Jungen mit Brille an. „Problem oder was?" Die anderen brachen in tosendes Gelächter aus. „Krass, Alter. Voll krass." Klick...
Sollte etwa...? Nein, unmöglich. Oder doch? Ich musste noch einmal zurück. Ich musste mir sicher sein. Ich musste mir absolut sicher sein. Hier ging es schließlich um ein Menschenleben.

9.
Der Schmerz
Das Gefühl, in einen Abgrund zu stürzen,
Unaufhaltsam und unausweichlich.
Das Gefühl, sich selbst zu verschlingen und zugleich von etwas verschlungen zu werden, das mächtiger ist als man selbst.
Das Gefühl, unter Menschen und doch alleine zu sein.
Das Gefühl, zu lieben, ohne geliebt zu werden.
Dieses Gefühl heißt Einsamkeit.

Ihre Aura hing noch immer unverkennbar in der Luft, doch schien gleichzeitig die unbekümmerte Essenz ihres Wesens immer weiter zu verblassen.

Schon bald würde sich niemand mehr an sie erinnern.
Traurig durchstreifte ich die leere Ödnis ihrer Wohnung. Es war verrückt, noch einmal hierher zu kommen. Die Gesellschaft hatte ihr Urteil bereits gefällt. Der Schuldige war gefunden. Warum sollte gerade ich es sein, der an diese Dinge rührte? Warum sollte ich es sein, der die schlafenden Hunde dieses seltsamen Falls noch einmal zum Leben erweckte. Warum sollte ich es sein, der das Schicksal selbst zum Kampf herausforderte?
Ich wusste es nicht.
Zum ersten Mal warf ich einen ehrfürchtigen Blick in ihren Schrank. Ein Board allein war Büchern vorbehalten. Das mir das nicht gleich aufgefallen war.
Wo war die Nazi-Literatur? In dem Waffengeschäft hatte „Mein Kampf" schließlich, absichtlich schlecht verborgen, für jedermann deutlich sichtbar auf einem Bord die politische Gesinnung des Geschäftsführers verkündet. Hatte Bomberjacke am Ende hier niemals zusammen mit Blondie gelebt?
Und dort! Zwischen Groschenroman und Pilcher-Sammelbänden eine gebundene Ausgabe von Shakespeares Drama „Othello". Sie passte nicht ins Bild.
Wer war noch hier gewesen? Wer hatte noch hier gelebt. Ich nahm „Othello" vom Bücherregal. Als ich das Buch aufschlug, flatterte ein Lesezeichen direkt vor meine Füße. Darauf ein in Schreibschrift verfasstes Gedicht mit dem Titel „Der Schmerz".
Plötzlich ein Geräusch. Das Knacken von Holzdielen im Flur. Da stand er. Vor mir in der Tür stand er. Vor mir in der Tür stand der farbige Tänzer aus der Bar.

„Ah, Othello persönlich“, verkündete ich und applaudierte trocken.
„Was wollen Sie von mir? Ich weiß nicht, wovon Sie sprechen“, erwiderte er mit bebender Stimme.
„Doch, das wissen Sie“, bemerkte ich kühl. „Das hier war doch von Anfang an Ihr Plan. Oder nicht? Ist es nicht so?“
Unvermittelt ließ Onkel Tom seine Opfermaske fallen und ging zum Angriff über. Gleich einem wilden Panther fauchte er mich an: „Was wissen Sie denn schon?“
Ich bemühte mich um einen ruhigen Tonfall. Jetzt bloß die Kontrolle behalten, dachte ich. Die Kontrolle zu behalten, das bedeutete im Augenblick den Unterschied zwischen Leben und Tod.
„Ich weiß eine ganze Menge. Ich weiß, dass Sie es waren, der das Mädchen ermordet hat.“
Ein kehliges Lachen. Dann erwiderte er meinen Applaus langsam und getragen: „Bravo!“ Bravissimo! Sie sind der Einzige…, wirklich der Einzige, der es herausgefunden hat. Aber warum? Warum denken Sie, dass ich es getan habe?“
Die Kontrolle entglitt mir und ich spürte es: „Ich denke, Sie haben es getan, weil es Sie gequält hat. Sie wollten Rache. Erst nahmen Sie ihm die Freundin, anschließend ermordeten Sie sie und dann haben Sie ihm das alles angehängt“, dozierte ich trocken.
Erneut applaudierte er: „Fantastisch! Wirklich. Die kleine Schlampe da war nur ein Mittel zum Zweck. Mein Mittel zum Zweck. Ich hatte wirklich nicht gedacht, dass jemand auf die Idee kommt.“
Ich fuhr ihm ins Wort: „Die Situation in der Bar. Was das inszeniert?“

„Nein. Das war lediglich ein dummer Zufall, der mich zwang, schneller zu handeln. Sie waren also dort. Deshalb haben Sie also… und ich war mir sicher, keinen Fehler gemacht zu haben.“
„Haben Sie nicht. Ich war rein zufällig dort.“
Wieder applaudierte er: „Ah, grandios. Wirklich grandios. Nun denn, um Ihre Neugierde zu befriedigen: Ja, ich wollte Rache. Ich war noch ein Kind, als ich hierher kam. Meine Eltern waren so naiv, zu glauben, Deutschland sei das Paradies, das Land, wo Milch und Honig fließen. Sie erhofften sich ein besseres Leben. Doch was sie hier fanden … was ich hier fand, war …“
„Der Schmerz?“ Wieder fuhr ich ihm ins Wort, bestrebt, die Kontrolle über das Gespräch zurückzuerlangen.
Erneut schlich sich der fauchende Unterton in seine Stimme: „Was wissen Sie denn schon? Sie mit Ihrem perfekten Leben und Ihrer blütenweißen Weste! Irgendwann werden wir alle zu dem, was das Leben aus uns gemacht hat.“
„Was hat das Leben aus Ihnen gemacht?“, fragte ich mit erstickter Stimme.
„Er war schuld. Der da. Er hat mich gequält. Er hat mich dazu gezwungen, Hundescheiße zu fressen! Ich habe Germanistik studiert und bin arbeitslos. Ihr seid schuld. Ihr alle! Verdammtes Nazipack“, brüllte er.
„Nein, nein, wir sind nicht alle… Ich weiß, was Einsamkeit bedeutet, aber … es ist falsch, anderen die Schuld daran zu geben, wenn man selbst scheitert. Jeder Mensch hat sein Schicksal selbst in der Hand.“

Dann platzte er. Jahrelang angestaute Frustration fand endlich ein Ventil: „Nein. Ihr habt alle Chancen. Nicht wir. Wir sind die anderen, Wir sind die Insekten. Wir sind die Parasiten in eurem wundervollen System. Der Bodensatz eurer kaputten Gesellschaft. Wir tun alles, damit ihr uns akzeptiert und uns lieb habt. Doch am Ende zertretet ihr uns wie Dreck unter euren verdammten Füßen.“
Plötzlich die Sirene eines Polizeiautos in der Ferne. Mein Gesprächspartner zuckte zusammen. Langsam gewann er die Fassung zurück.
Der Ton, den er jetzt anschlug, klang beunruhigend kalt und berechnend: „Nun denn. Sie haben mich. Doch dieses Mal... Dieses Mal werde ich nicht kampflos aufgeben.“
Mit diesen Worten zückte er einen kleinkalibrigen Revolver.
Ein lauter Knall.
Ein gewaltiger Schmerz.
Dann Dunkelheit.
Stille.

Renate Janssen

Ein Wochenende im August

Nie werde ich dieses Wochenende im vergangenen Sommer vergessen. Ich glaube, dass jene Ereignisse mich mindestens zehn Jahre meines Lebens gekostet haben. So viele Dinge waren schief gelaufen. Das Büro, mit dem mein Mann sich als Steuerberater selbstständig gemacht hatte, lief nicht so gut, wie wir erwartet hatten. Viele Kunden aus der alten Kanzlei, deren Mitarbeiter er gewesen war, hatten ihm zugesagt, sich von nun an von ihm persönlich beraten zu lassen. Leider hatten sie dies spätestens zu dem Zeitpunkt, als er das eigene Büro eröffnet hatte, völlig vergessen oder es gab gewichtige Gründe, nicht sofort zu ihm zu wechseln.
Das wäre alles nicht so dramatisch gewesen, wenn nicht auch gleichzeitig die Firma, bei der ich angestellt war, Konkurs hätte anmelden müssen. Dies war eine sehr unwillkommene Überraschung. Mit dem Konkurs waren sofort auch die Kündigungen ausgesprochen worden, weil der Konkursverwalter keine Möglichkeit sah, das kleine mittelständische Unternehmen hier in Heinsberg weiter zu führen.
Von einem Moment zum anderen hatte sich unsere finanziell ohnehin nicht allzu rosige Situation unerwartet schnell verschlechtert. Es kam, was wir befürchtet hatten. Wir konnten die Raten für unser Häuschen nicht mehr zahlen. Die Bank überprüfte unsere Zahlungsmöglichkeiten und befand uns für nicht mehr

kreditwürdig. Sie kündigte unser Darlehen und verlangten die sofortige Zurückzahlung der Restsumme von 50.000 Euro. Ansonsten sähe man sich gezwungen, die Zwangsversteigerung anzuberaumen.
Diese Stunden voller Hoffnungslosigkeit haben sich tief in mein Gedächtnis eingegraben. Kredit wollte uns keiner mehr geben. Das einzige gesicherte Einkommen war mein Arbeitslosengeld, und auch das würde ich nur für eine begrenzte Zeit bekommen. Wir wussten uns nicht mehr zu helfen, niemand in unserer Verwandtschaft besaß die Mittel, um uns aus dieser Lage heraus zu helfen. Es sah fast so aus, als würde uns nichts anderes übrig bleiben, als unser Häuschen zu verkaufen. Aber die Entscheidung fiel uns schwer. Wir hatten hart gearbeitet, um das Haus zu sanieren. Es war nicht viel mehr als eine Ruine gewesen, als wir es kauften, und es war viel Schweiß und Herzblut in dieses Gemäuer geflossen.
Als es schien, als gäbe es keine Rettung mehr, kam meine Mutter und brachte mir eine Schmuckschatulle vorbei. Ich wusste, dass meine Mutter vor meinem Vater einen anderen, betuchteren Verehrer gehabt hatte. Solange mein Vater lebte, versäumte es meine Großmutter selten, auf Familienfesten darauf hinzuweisen, wie viel besser es ihr gegangen wäre, wenn meine Mutter jenen Mann statt meines Vaters geheiratet hätte. Doch dass ihr jener Verehrer auch ein kostbares Schmuckstück verehrt hatte, wusste keiner von uns. Als sie das Kästchen öffnete, war ich einfach sprachlos. Es enthielt ein Brillantkollier von unfassbarer Schönheit. Meiner Mutter fiel es nicht leicht, sich von diesem Schmuckstück zu trennen, das sie nie getragen hatte. Welche Erinnerungen mit

dieser Kostbarkeit verbunden waren, werde ich nie ermessen können.
Mein Besuch beim Juwelier in der Innenstadt offenbarte, dass der Schmuck noch deutlich wertvoller war, als wir gedacht hatten. Er empfahl uns, ihn einem Auktionshaus anzubieten. Es handele sich um ein antikes Collier, dessen Wert sich nicht nur auf die sehr wertvollen Steine beschränken würde. Seine Möglichkeiten, Schmuck anzukaufen, seien begrenzt und ein so seltenes Stück wäre für ihn nur schwer verkäuflich.
Langsam lief uns die Zeit davon. Eine Woche hatte uns die Rechtsabteilung der Bank als letztes Zeitlimit gesetzt. Dann mussten wir den Rest des Darlehens bezahlen oder unser Haus würde zwangsversteigert werden. Ein Auktionshaus in Düsseldorf bestätigte die Qualität des Colliers, und schätzte seinen Wert auf mindestens 70.000 Euro, aber die nächste Auktion, bei der antiker Schmuck angeboten wurde, fand erst in vier Wochen statt. Soviel Zeit hatten wir nicht mehr. Man bot uns an, es mit einem Direktverkauf über die Internetseite des Auktionshauses zu versuchen, machte uns aber nicht viel Hoffnung.
Dann geschah das Wunder. Wir hatten das Angebot montags in die Verkaufsanzeigen setzen lassen und bereits mittwochs bekamen wir ein Angebot aus Frankreich. Ein Sammler war bereit, den Schmuck zu kaufen, und wir verabredeten uns, uns freitags im Auktionshaus zu treffen, um den Verkauf abzuwickeln. Selbst nach Abzug der Provision blieb noch genügend Geld übrig, um den Kredit abzuwickeln. Es war am Freitag den 13., als ich einem sympathischen älteren, grauhaarigen Herrn

den Schmuck überreichte und dafür einen Briefumschlag mit mehr als 60.000 Euro erhielt. Ein Päckchen, nicht dicker als eine große Tafel Schokolade. Wir unterhielten uns nur kurz. Ich berichtete ihm, dass dies ein Notverkauf sei und er erzählte mir, dass er antiken Schmuck sammeln würde und schon länger nach einem solchen Collier Ausschau gehalten hätte.

Buchstäblich in letzter Sekunde waren wir gerettet worden. Auf der Fahrt nach Hause sang ich euphorisch jeden Hit, der aus dem Radio erklang, mit. Ich fühlte mich, als könnte ich die ganze Welt aus den Angeln heben. Ich kann mich gut an diesen schönen Tag erinnern. Die Sonne schien, es war fast schon zu heiß. Auf dem Weg nach Hause fuhr ich bei der Eisdiele vorbei und holte für mich und meinen Mann eine große Portion Eis mit Sahne. Zu Hause angekommen, rief ich ihn aus seinem Büro hinaus auf unsere Terrasse. Wir aßen unser Eis und tranken dazu einen Cappuccino. Es geht doch nichts über einen Kaffeevollautomaten. Ich liebe Cappuccino. Wir saßen in der Sonne und genossen es, ohne Sorgen auf die nächsten Tage zu schauen.

Bis mein Mann fragte: „Und wo ist nun der Umschlag? Ich habe noch nie so viel Bargeld auf einem Haufen gesehen. Mach es nicht so spannend."

Wahrscheinlich war ich in diesem Moment weiß wie eine Wand. Wo war das Geld? Mir lief es eiskalt den Rücken herunter. Hatte ich das Geld mit aus dem Wagen genommen? Ich wusste es nicht mehr. Die Handtasche, ja, die hatte ich mir unter den Arm geklemmt, um das Tablett mit den Eisbechern zu tragen, aber was war mit dem Briefumschlag in dem sich das Geld befunden hatte. Es fiel mir einfach nicht mehr ein. Hektische Betriebsamkeit setzte ein. Wir durchsuchten zu zweit das Auto, spürten meinem Weg durchs Haus nach, wir schütteten den Inhalt meiner Tasche auf den Boden, nichts. Der Umschlag war und blieb verschwunden.

Hatte der Umschlag noch auf dem Beifahrersitz gelegen als ich von der Eisdiele kommend ins Auto stieg? Ich hatte den Wagen nicht abgeschlossen, ich schließe dort nie meinen Wagen ab. Wie hatte ich nur so leichtsinnig sein können!

Als ich immer mehr in Panik verfiel, rief mein Mann meine Mutter an und bat sie, herüber zu kommen. Doch auch sie vermochte mich nicht zu trösten. Alles war jetzt verloren. Wie schnell war meine Stimmung von heller Begeisterung zur tiefsten Verzweiflung umgeschlagen. Ich und meine verdammte Schusseligkeit. Durch meine Schuld würden wir jetzt unser Haus verlieren, und meine Mutter hatte ihr Andenken völlig umsonst geopfert.

Nachdem die Suche nach dem Umschlag ergebnislos verlaufen war, rief mein Mann die Polizei an. Sobald man von der Höhe der Summe erfahren hatte, schickte man uns einen Beamten, der den Diebstahl aufnehmen sollte. Doch leider war ich keine Hilfe, da ich mich nicht erinnern konnte, wann der Umschlag verschwunden war. Der Polizeibeamte nahm den Fall auf. Ich hatte das Gefühl, dass er mich für völlig übergeschnappt hielt.

Das Wochenende war einfach schrecklich. Den ganzen Samstag und den Sonntagvormittag lebte ich wie in einem Albtraum. Ich konnte nichts essen und

wollte mit niemandem reden. Mein einziger Gedanke war, dass es meine Schuld wäre, wenn wir jetzt unser Haus verlieren würden.
Es war Sonntagmittag und wir saßen in der Küche, als mein Mann beschloss, dass es keinen Sinn hätte, weiter zu jammern.
„Komm, es hat doch keinen Zweck, weiter Trübsal zu blasen. Du hast ja seit zwei Tagen nichts gegessen, nicht mal Kaffee getrunken. Ich mach dir jetzt einen Cappuccino und mir einen starken Kaffee. Dann setzen wir uns hin und besprechen, was in den nächsten Tagen zu tun ist." Er ging zu unserer vollautomatischen Kaffeemaschine.
„Du hast vergessen, die Milch wieder kalt zu stellen. Sie ist sauer geworden. Haben wir noch frische Milch da?" Mein Mann spülte die saure Milch aus dem Saugrohr und ging zum Vorratsschrank.
„Schatz, komm doch mal bitte her." Mein Mann stand vor der offenen Schranktür. „Hol doch bitte eine neue Packung Milch heraus." Ich sah ihn verständnislos an, wieso tat er das nicht selbst? Ich trat vor den Schrank und da lag er, der Briefumschlag, so dick wie eine große Tafel Schokolade. Und jetzt wusste ich es wieder, als ich uns den Cappuccino gemacht hatte, brauchte ich die Milch aus dem Schrank. Da ich das Eis noch in der einen und den Umschlag in der anderen Hand gehalten hatte, musste ich wohl, statt das Eis auf den Tisch hinter mir zu stellen, den Umschlag in den Schrank gelegt haben um eine Hand für die Milch frei zu haben.
Wie es uns heute geht? Na, einfach fantastisch. Das Büro läuft mittlerweile so gut, dass mein Mann mich als Sekretärin eingestellt hat. Wir leben in einem

schuldenfreien Haus. Und das Beste, der grauhaarige ältere Herr, wissen Sie, er hat so lange nach dem Schmuck gesucht und nach seiner Jugendliebe, der er ihn einst geschenkt hatte.
Nun, er hat sie gefunden.
Ich glaube, ich werde auf meine alten Tage noch zu einem Stiefvater kommen.

Heidi Hensges

Unfallfolgen

6:10 Uhr
Der Wecker. Müde schlägt sie das Federbett zurück. Ein Strecken. Ein Seufzen. Schnell in den Morgenmantel schlüpfen.

Eine dreiviertel Stunde hat Caro Meuerling für sich. 45 Minuten ganz alleine, bevor die Zwillinge herunterstürmen. Zeit genug, um auf der Terrasse den erwachenden Vögeln zu lauschen. Sie findet sie wundervoll, diese frischeste Zeit des Jahres, wenn die Sonne sanft die nackte Haut zu streicheln beginnt und von der bevorstehenden Schwüle des Sommers noch nichts zu spüren ist. Behutsam am heißen Kaffee schlürfend, wagt sie einige Meter hinaus in den Garten. Glatter Stoff rutscht über die Schultern. Tiefes Einatmen unschuldiger Morgenluft. Um kurz nach sechs Uhr wähnt sie sich sicher vor den Blicken anderer.

Träume ich noch? Bin ich schon wach? Meine Schöne, du Bildschöne. Sag, liebst du mich? Ja, du liebst mich. Zeig mir mehr. Nein, nicht umdrehen! Komm näher … näher … näher …

Sie ermahnt sich zur Eile, geht zurück ins Haus. Nicht trödeln, du hast viel zu tun, Caro. Diese Woche wird anstrengend. Fix duschen, Frühstückstisch de-

cken, Schulbrote schmieren, Kinder zur Schule fahren. Um 8 Uhr zu Stefan Knaups. Die Haushälterin des Nachbarn liegt im Krankenhaus. Caro erledigt gelegentlich Schreibarbeiten für den selbstständigen Unternehmensberater. Letzte Woche bat er sie um Hilfe in dieser anderen Angelegenheit. Kein Problem, sagte sie. Mache ich gerne. Mit deinem Sohn komme ich schon klar.
Gib's zu, Caro, der Mann gefällt dir.
„Mama, warum grinst du?"
Caro gluckst. „Ach nichts. Habt ihr alles?"
Schnell ablenken. Bald würde sie ihren 12jährigen Töchtern nichts mehr vormachen können. Das Leben beginnt, wieder lustvoll zu werden, drei Jahre nach der Scheidung. Sie will nichts daran verpassen.
„Ihr geht direkt nach der Schule zur Oma. Lasst sie nicht warten. Ich hole euch um 17 Uhr ab."
„Die ganze Woche, Mama?"
„Ja, bis Freitag."
„Hoffentlich gibt's nicht wieder Eintopf."
„Raus jetzt, ihr zwei!"

Sie singen Lieder während der Fahrt zur Schule. Laut, schief, voll hemmungsloser Fröhlichkeit.

7:56 Uhr
Stefans leichter Anzug sitzt perfekt. Teures Rasierwasser, dezenter Hauch, nachhaltig, unaufdringlich anregend.
„Klasse, Caro, du glaubst nicht, wie froh ich bin. Du weißt, wo alles steht. Kaffee ist noch da, das Geld liegt auf dem Tisch. André kommt nach der sechsten Stunde mit dem Fahrrad." Er lächelt. „Gut siehst du

aus. Ich muss los, Termin in Düsseldorf. Morgen hab ich mehr Zeit für dich."
Ihre Blicke folgen ihm, auf dem Weg zur Garage. Das, was sie sieht, fühlt sich sicher auch gut an. Bedräng ihn nicht. Vielleicht ist er noch nicht soweit.
Caro schließt die Tür, sieht sich um.

8:16 Uhr
Gut, viel zu tun gibt es heute noch nicht. Aufräumen, feucht wischen, einkaufen, für den 15jährigen André kochen. Zögerlich betritt sie das Schlafzimmer. Bilder im Regal, Stefan und Marie. Der tragische Verkehrsunfall vor fünf Jahren, es war ein Schock für alle, die sie kannten. Marie. Die perfekte Marie. Was habe ich hier verloren, in dieser Intimität? Das französische Bett war gemacht. Er wollte ihr Arbeit ersparen. Oder Peinlichkeiten? Darf ich hier sein, oder nicht? Frag ihn, Caro, gleich morgen.

Andrés geräumiges Zimmer im Dachgeschoss mit eigenem Duschbad daneben passt zu dem, was sie erwartet hatte. Der große, muskulöse Junge wirkt verschlossen, fast scheu. Quält er sich mit Erinnerungen? Täglich sieht sie ihn an ihrem Küchenfenster vorbeifahren, manchmal winkt sie ihm zu, selten grüßt er zurück. Wo ist er, was spielt sich ab in seinem Kopf? Er scheint ein Computerfreak zu sein. PC, zwei Monitore, Laptop, Webcam. Wenige Poster hängen an der Wand, von Rammstein und Unheilig. Musik- und Spiele-CDs liegen neben einem riskant gestapelten Haufen Bücher amerikanischer Szene-Autoren. Ein Teleskop, ein Astronomie-Atlas. Verkriecht er sich hier vor der spießigen Realität da draußen, träumt er wie die meisten Pubertierenden von einem anderen, freieren und besseren Leben ohne Zwänge und Verbote? Zum Glück sind ihre eigenen Mädchen noch nicht soweit. Was wird sein in einem Jahr?

10:04 Uhr
Zeit, um zum Supermarkt zu fahren. Stefan sagte, André isst fast alles außer Fisch. Sie wird einen Speiseplan erstellen, mit ihm gemeinsam. Ihr alter Kleinwagen parkt fast direkt gegenüber, auf dem Bürgersteig hinter ihrem Gartentor. Die 100 Euro Einkaufsgeld werden bis Freitag reichen. Sie muss an die Kassenzettel denken. Einen für Stefan, einen für ihre eigenen Kleinigkeiten, die sie am Wochenende vergessen hat. Pfannkuchen mit Speck und grünem Salat, hoffentlich schmeckt ihm das. Willst du dich einschmeicheln, Caro? Sie lacht über sich selbst. Über einen Stiefsohn nachzudenken, dafür ist es viel zu früh.
Bald ... bald ist es soweit. Freust du dich schon? Ich will nicht mehr warten. Wir gehören zusammen, für immer ...mein Schatz ...

11:26 Uhr
Wieder daheim. Noch fast zwei Stunden, bis André kommt, noch eine, bevor Caro wieder in Stefans Haus gehen wird. Sie versorgt ihre Katze, liest die Tageszeitung, Heinsberger Nachrichten. Nicht viel Neues in der Provinz. Zwei Verkehrsunfälle am Wochenende, drei Diebstähle, der Bürgermeister überreicht Blumensträuße. Unspannend. Kurz noch an den Computer, Emails abrufen. Hat die Erkelenzer

Firma auf die Onlinebewerbung reagiert? Noch nichts da. Hab Geduld, Caro. Die Zukunft hängt nicht davon ab. Alles wird gut.

12:32 Uhr
Späte Post in Stefans Briefkasten, der übliche Werbemüll. Caro packt die Einkäufe aus, stellt frische Milch und Eier bereit. Salatdressing und Pfannkuchenteig anrühren, Speck schneiden. Wo ist die Pfanne? Viel Platz in dieser Küche, hier macht Kochen Spaß. Nach dem Essen bei Oma anrufen, wie angekündigt. Hoffentlich trödeln die Mädchen nicht. Ob André den Dill mag? Sie deckt den Tisch, für zwei Personen.

13:17 Uhr
„Hallo André!“
„Hi.“
Er errötet, setzt die Mütze ab. Caro sucht Stefan in seinem Gesicht, oder Marie. Diese Augen. Sein Blick senkt sich. Gib ihm Zeit, er kennt dich kaum.
„Setz dich, das Essen ist schon fertig. Was willst du trinken?“
„Cola wäre cool.“
Er wirkt unsicher.
„Ich hoffe, es schmeckt dir.“
„Klar. Riecht lecker.“
Bleib entspannt, Caro.
„Wie war's in der Schule?“
„Ätzend.“
Wechsel das Thema.
„Du darfst Caro zu mir sagen. Eigentlich heiße ich Caroline, aber so nennt mich niemand.“
„Danke.“ Ein verstecktes Lächeln. „Ich weiß.“

Er weiß? Von Stefan? Reden sie über mich?
„Meine Mutter. Sie hat viel von dir erzählt, damals."
Mist.
„Dein Vater ist den ganzen Tag in Düsseldorf."
„Ja, hat er mir gesagt."
„Was machst du heute Nachmittag?"
„Hier sein."
„Ganz alleine?"
„Nein."
Lass ihn. Er will nicht reden.
„Hast du Wünsche, was ich in den nächsten Tagen kochen soll?"
„Spaghetti vielleicht."
„Und was noch?"
„Keine Ahnung."
Okay. Caro steht auf, um abzuräumen.
„Ich helf dir beim Abwasch."
„Ihr habt eine Spülmaschine."
„Stimmt. Aber die Pfanne und das alles."
Aha. Vielleicht keine schlechte Idee.
„Prima. Find ich gut. Ich muss kurz telefonieren, wegen meiner Kinder."
Caro kramt das Handy aus der Handtasche. Kurzer Blick zu André. Er beobachtet sie, dreht schnell den Kopf zur Seite.
Als sie auflegt, steht er an der Spüle. Ob er Marie auch immer geholfen hat? Damals war er zehn, jetzt fast ein Mann. Die Zeit, sie fliegt so schnell dahin …
„Alles klar mit deinen Kids?"
„Ja. Du bist ja fast fertig. Lass mich abtrocknen."
„Nein. Geh schon hoch, ich komme gleich."
„Hoch?" Was meint er? Hatte sie etwas vergessen?
„In mein Zimmer. Ich muss dir was zeigen."

Caro zögert, will nachfragen, schweigt. Dann geht sie, Stufe für Stufe, betritt das Zimmer, lässt die Tür geöffnet. Sie bleibt stehen, wartet. Auf was?

14:06 Uhr
„Setz dich aufs Sofa“, sagt er knapp, schließt die Tür, geht zum Kleiderschrank.
Was hat er vor? Er nimmt ein Kästchen, dreht sich um.
„Sieh mal.“ André hebt den Deckel.
Kein Zweifel, Maries Kette. Die von den Fotos. Caro sieht ihn an, fragend. Warum?
„Vater hat sie ihr geschenkt, zur Hochzeit.“
Seine Stimme, da ist etwas. Bleib ruhig, warte ab.
„Sie ist wunderschön. Aber ich verstehe nicht ganz …“
„Mutter trug sie, als sie starb. Leg sie an.“
Verwirrung. Nervosität. Kurze Stille.
„Bitte.“
Tu es, tu, als sei alles ganz normal. Was passiert hier? Die Kette in ihrer Hand, dann um ihren Hals. Caro fröstelt. Der Verschluss …
„Dreh dich um, ich mach sie zu.“
Die sanfte Berührung, ein Versehen? Ignorier es. Sie streicht über das schwere Silber, berührt das Medaillon.
„Darf ich es öffnen?“
„Ja.“
Ein Bild von ihm, von André. Doch keins von dem kleinen zehnjährigen Jungen. Es ist neu.
„Trag es immer, versprich es mir. Endlich bist du da. Ich wusste, dass du zu mir kommst.“
Was will er von mir? Mein Gott, er ist krank. Jetzt

bloß keine Panik. Konzentrier dich, denk nach. Caro blickt zur Tür.
„Bleib."
Er sitzt ihr gegenüber, am Schreibtisch, greift in eine Schublade. Fotos?
„Die von heute Morgen sind noch nicht dabei. Gefallen sie dir?"
Caro im Garten, Caro auf der Straße, Caro im Schlafzimmer, nackt. Das Teleskop. Die Kamera. Sein Fenster gegenüber. Ihr wird flau. Mach, dass du hier weg kommst.
„André …"
Fixierender Blick. Aus Hoffnung wird Enttäuschung. Er steht auf, zieht den Schlüssel ab. Tu was, Caro. Zitternde Starre.
„Hast du einen anderen? Sag es."
Ja oder nein? Mach ihn nicht wütend.
„Nein. Aber …ich bin viel zu alt für dich."
Lautes Gelächter. Er schwitzt.
„Was soll ich mit solch flachbrüstigen dummen Hühnern, die nichts im Kopf haben? Wen interessiert das Alter, wenn man liebt?"
„Mich. Und deinen Vater. Du bist erst 15."
„Warum machst du mich dann an? Warum tust du das jeden Tag? Bist du ein verdammtes Flittchen, oder was? Mit mir spielt man nicht, hörst du!"
Etwas fliegt durch den Raum, gegen die Wand. Ein Scheppern. Ihr wird übel.
„Ich wusste nicht …"
Er beugt sich vor. Bruchteile von Sekunden, heißer, schneller Atem an ihrem Ohr. Kraftvolle Hände, Schmerz, zerreißender Stoff. Er ist erregt, explodiert. Schreie, vergeblicher Kampf, sie ist zu schwach.

Die Kette, sie wird zu eng, schneidet ins Fleisch, keine Luft, keine Luft, lass los, meine Kinder …

17:46 Uhr
Das Aufbrechen der Haustür dauert nur wenige Minuten. Grauenerregende Bilder im Dachgeschoss. Tod durch Erdrosseln im Zimmer, Selbstmord durch Erhängen im Bad. Die 36jährige zweifache Mutter mit einem Schuljungen? Das war unglaublich, unvorstellbar.

20:11 Uhr
Ein wehleidiges Geständnis, nach fünf Jahren. Endlich stellt er sich, der feine Herr Knaups, bricht zusammen beim Anblick seines toten Sohnes. Die Ermittler verdächtigten ihn von Anfang an, doch es mangelte an Beweisen. Er selbst war es gewesen, er hatte die Bremsen im Cabrio seiner Frau manipuliert. Die Werkstatt traf keine Schuld. Ein raffiniert provozierter, tödlicher Autounfall nach einem lächerlichen Streit. Hätte er doch wenigstens an den Jungen gedacht.

Christian Fahlenbock

Grenzgebiete
oder
Grotenrath sehen
und sterben

In einer geschlossenen Gesellschaft, in der jeder schuldig ist, besteht das einzige Verbrechen darin, sich schnappen zu lassen
(Hunter S. Thompson,
Fear and Loathing in Las Vegas)

Historisches Dorfidyll an der deutsch-niederländischen Grenze. Grotenrath.
Stellen Sie sich vor: Sonntagmorgen. Alles ist friedlich: Der Geruch von frisch gemähtem Heu liegt in der Luft. Am Himmel hängen Wolken aus Zuckerwatte. Die Szenerie ist getaucht in einem mattgelben Schimmer. Bäume rauschen und erzählen ihre Geschichte. Kinder spielen in verwunschenen Gärten. Pferde traben gemächlich über die Straße. Wärmende Sonnenstrahlung auf der Haut. Eine sanfte Brise in Ihrem Haar.
Alles ist friedlich: Glocken läuten. Eine fröhliche Melodie durchbricht die Stille.
Alles ist friedlich: Ein netter Plausch mit dem Nachbarn. Der Duft von Holzkohle und Grillfeiern im Abendrot.

Alles ist friedlich: Besuchen Sie uns. Das Glück wartet nur einen Steinwurf weit entfernt.

Unkenrufe

Durchgetretenes Gaspedal. Quietschende Reifen. Eine verdreckte Ortschaft schiebt sich ins Blickfeld. Aus dem Radio erklingt psychodelisches Rock-Gedudel. Mit dem Handballen klatsche ich den Beat auf das Lenkrad.

„Yeah! The Doors. Das ist noch gute Musik. Nicht dieser fiese Radio-Einheitssound."

Mein Partner Johnny schenkt mir sein süffisantes Lächeln. Einen Augenblick später mustert er voller Argwohn die Passanten auf dem Gehweg.

„Da! Ich glaub, der hat uns durchschaut. Guck dir den scheinheiligen Typen doch mal an!", ruft er entsetzt. Seine Stimme klingt dabei so verzerrt wie die hysterisch-sakrale Hasshymne eines Baptistenpredigers im mittleren Westen der USA.

„Was? Der? Ich doch 'n Schulkind", erwiderte ich atemlos, woraufhin mir Johnny in einer Geste mitfühlender Besorgnis sanft auf die Schulter klopft.

„Habs dir doch gesagt, Mann. Alle Teil vom großen, faschistoiden Masterplan. Mit Kameras in ihren Köpfen, um uns auszuspionieren. Bin mir sicher..."

Ach, so ist das! Schon klar ... die Weltverschwörung ... paranoider Schwachsinn! Traue niemals einem Junkie auf Droge. Überlebensregel Nummer eins. Als ich gerade zu einer Antwort ansetzen will, schnappt mir eine klebrige Zunge ins Gesicht. Vor meinen Augen wird Johnny zu einem schleimigen Froschmenschen.

„Is was?“ Erstauntes Gequake. Das Zeug ist seinen Preis echt wert. Mit dem rechten Fuß prüfe ich das Gaspedal. Dort! Im letzten Moment biege ich links auf die Landstraße. Gleich geschafft. Gleich... Die Maisfelder am Straßenrand erinnern mich irgendwie an „Kinder des Zorns“. Grotenrath ist auch so ein Ort, den man von der Landkarte fegen könnte, ohne dass es irgendjemandem auffällt.
„Rechts in den Feldweg! Quak. Ich will nich‘ mehr mit so ner beschissenen Karre voller Dope durch die Ortschaft brettern. Quak. Diese geklonten Mittelklasse-Bonzen stecken doch alle unter ‘ner Decke. Quak, Quak, Quak.“
Angestrengt hefte ich meine Augen auf die Landstraße. Jetzt bloß keinen Fahrfehler erlauben. Bloß keinen Fehler... Was ist das? Als ich mich meinem Beifahrer zuwende, trägt jener plötzlich die engelhaften Züge des gekreuzigten Jesus von Nazareth. Ein himmlischer Choral erklingt. Getaucht in göttliches Licht streichelt der Erlöser über verfilzte Bartstoppeln. Tut er das wirklich? Ist es bloß die Wirkung des Stoffs? Wie dem auch sei, ich gehorche ihm. Gottes Sohn muss man gehorchen. Rechts ab in den Feldweg. Mit nem Kofferraum voller Gras, Amphetamin und Koks durch die Ortschaft zu düsen, ist wirklich ne beschissene Idee. Ein großes Anwesen rückt ins Blickfeld. Das Ambiente eines römischen Herrenhauses.
„Diese beschissenen Kapitalisten-Wichser. Horten da drin garantiert ihre Millionen!“ Ohne Vorwarnung lehnt sich mein Beifahrer aus dem Fenster und erbricht sich auf die Straße. Als er den Kopf zurückzieht, trägt der die giftgrünen Züge einer Kobra.

„Ssssso fahr doch!“, lispelt das Biest. „Ich halt'sssss nicht mehr lange aussssss!“
Schweißgebadet trete ich aufs Gas. Wenn es eines gibt, das noch tödlicher ist als Gottes Zorn, dann ist es mein Kumpel, sobald sich die unbestimmte Wirkung seines Drogencocktails in seinem Stammhirn entfaltet.

Reise in den Himmel

Hölzernes Tor. Grauer Innenhof. Mit leisem Klicken öffnet sich der Kofferraum. Entschlossen greife ich nach den Tüten. Im Haus kauern bereits einige formlose Gestalten auf dem Boden. Unbekannte Gesichter ergeben sich der süßlich-klebrigen Leichtigkeit zugekiffter Tagträume. Aus dem Keller dringt laute Crossover-Musik. Schiefer Sprechgesang. Der Schlachtruf: „Fuck you I won't do what ya tell me!“ Reichlich gewöhnungsbedürftig.
Als ich das Esszimmer betrete, trifft mich beinahe der Schlag. Unglaublicher Gestank. Dreck an allen Ecken. Ein expressives Stillleben aufgequollener Müllsäcke ziert ein verrostetes Bettgestell. Unser Kunde hockt im Schneidersitz auf einer abgewetzten Polstergarnitur. So ‘n langhaariger Mittvierziger, der den Absprung ins normale Leben verpennt hat. Sieht aus wie ’n altehrwürdiger Medizinmann. Old Sitting Bull auf LSD. Die magere Gestalt schenkt mir ein zahnloses Lächeln. Weggetreten klimpert sie die Akkorde von „Stairway to heaven“ auf einer paddelförmigen Westerngitarre. Zu ihren Füßen blickt ein Dobermann benebelt ins Leere.
Wo bin ich hier bloß gelandet? Hat so was von ‘ner verlorenen Hippiekommune 40 Jahre zu spät. Ob

der Typ weiß, in welchem Jahrzehnt er lebt? Kiffer-Brüder sind ja schon immer ‘n bisschen langsamer gewesen. Plötzlich bemerke ich, dass Johnny hinter mir wie ein Luftballon an die Decke schwebt. Scheinbar mäht in meinem Kopf immer noch die chemische Keule unaufhaltsam weite Schneisen in den Urwald verkrusteter Synapsen.

Bereits im nächsten Moment setzte ich die Tüten vor Sitting Bull auf den Boden. Ein dickes Bündel Geldscheine wartet bereits auf einem ramponierten Holztisch zwischen Aschenbechern, Tabakkrümeln und Shit.

Ich schenke dem Drogengespenst ein unbekümmertes Lächeln, flippe mir entspannt eine rote Kapsel in den Mund und mache mich, begleitet von Led Zeppelins melancholischer Ballade, auf in die unendlichen Weiten des Himmelreichs.

Ein echter Super-Gau

Der Sound einer aufgerissenen E-Gitarre. Für den Moment bin ich vollkommen groggy. Was zur Hölle…? Unten im Keller versucht sich die Hausband ziemlich erfolglos an einem Cover von Hendrix‘ „Purple Haze“. Der Sänger verspielt gnadenlos letzte Sympathien, indem er am laufenden Band Töne versäbelt.

Wo ist Johnny? Unter der Decke hängt er jedenfalls nicht mehr. Verdammter Psycho! Wahrscheinlich hat sich dieser paranoide Freak inzwischen mit ‘ner Axt bewaffnet und will mich umbringen. Irgendwie muss ich ihn loswerden. Irgendwie… War überhaupt ne saublöde Idee, Johnny mit hierher zu schleppen So’n verpeilter Typ wie er gehört einfach nicht in ‘ne Spießerhochburg wie Grotenrath. Logisch, oder?

Als ich noch so darüber nachdenke, wie ich am besten unbemerkt verdufte, trifft mein Fuß auf einen klobigen Widerstand. Ein Sack liegt vor mir in einer klebrigen Lache. Ein Sack? Mein Gott! Langsam beuge ich mich hinunter, fühle den Puls… Nichts. Keine Atmung. Kein Herzschlag. Johnny hat seinen langen Weg auf die andere Seite bereits angetreten. In meinem Geist die quälende Frage: Was jetzt? Eindrücke überschlagen sich.
Die verquere Impression eines Schwimmers in einem gigantischen Silobecken aufgestauter Scheiße.

Provinz-Rambo – Junkie-Dilemma (Episode 1)
Strahlen der Abendsonne spiegeln sich auf der Motorhaube. Langsam steuere ich den Wagen in Richtung Waldrand. Darum bemüht, keine unnötige Aufmerksamkeit zu erzeugen, halte ich ihn im Schatten der Baumwipfel. Wirklich schwer, sich auf so etwas zu konzentrieren, wenn einem von hinten unaufhörlich säuerlicher Verwesungsgestank entgegen wallt. Old Sitting Bull scheint davon gar nichts zu merken. Der alte Kerl hat's sich aufm Beifahrersitz bequem gemacht und pafft genüsslich eine Pfeife Gras.
Nach zwei Kilometern lasse ich den Wagen ausrollen und stoße die Tür auf. Ein kurzes Schnappen. Der Kofferraum öffnet sich. Gemeinsam schleppen wir den Leichnam ins Dickicht. Bietet sich ja an. Besser als 'ne Müllhalde. In 'nem Wald sucht eh keiner.
Irgendwann nimmt die Natur ihren Lauf und wir sind fein raus. Einfacher geht's nun wirklich nicht.
Plötzlich ein Geräusch. Was ist das? Da vorne! So'ne Art Dorfsheriff nähert sich unserem Wagen.

Dreckiger Bauerntölpel. Niemand darf sich am Auto eines Mannes vergreifen!
Kurzerhand schnappe ich mir einen Ast, hechte geduckt aus dem Dickicht und ziehe ihm das Ding über Schädel. Geschafft! Zu zweit zerren wir den Provinz-Rambo in den Wald und binden ihn mit Händen und Füßen an einen Baum. Verdammter Idiot. Kann froh sein, dass er noch lebt. Trotzdem: Unseren Plan können wir erst einmal in die Tonne treten. Höchstens noch ein paar Stunden, bis man den Typen findet. In der Nacht wird es hier vor feindlich-grünen Invasoren nur so wimmeln.

Rest in Peace – Junkie-Dilemma (Episode 2)
Das war's. Aufn Dorffriedhof. Die Leiche an 'nem Baum aufgehängt. Selbstmord. Ist ja schon immer psychisch labil gewesen, der Gute. Charles Manson war dagegen doch echt 'n Waisenknabe.
Inzwischen ist es dunkel. Auf der Beifahrerseite schenkt Old Sitting Bull die Dienstpistole unserer Waldbekanntschaft zum Zeichen des Triumphs. Hat lange darauf bestanden, sie mitzunehmen, auch wenn's Quatsch ist. Immerhin ist es besser, als dem Typ bei lebendigem Leib den Skalp abzuziehen. Verrückt…
Auf dem Friedhof: ein seltsames Geräusch. Irgend so ein Spinner steht heulend vor 'nem Grab und schimpft: „Mutter! Warum tust du mir das an?"
Bestimmt so ein bescheuertes Inzestkind! Gibt's ja viele aufm Dorf. Aber mitten in der Nacht? So 'ne Nummer? Der hat sie ja nicht alle! Diese verdammten Deppen! Hindern rechtschaffende Menschen daran, ihre Arbeit zu tun! So nicht, Freundchen! So nicht!

Den Schlüssel umgedreht. Aufheulender Motor. Kurzer Ruck. Ein paar Meter, dann liegt der Spinner tot unter den Rädern. Eilig machen wir uns daran, die zweite Leiche im Kofferraum zu verstauen. Währenddessen bemerke ich Licht in den umliegenden Häusern. Offenbar hat man den Krach gehört. Sehr lärmempfindliche Dörfler hier in Grotenrath. Die Vorstellung, von Mistgabeln schwingenden Hinterwäldlern massakriert zu werden, treibt uns zu höchster Eile.

Letzter Ausweg – Junkie-Dilemma (Episode 3)
„In nomine patris, et filii, et spritus sankti!“
Nachdem Old Sitting Bull seine altkirchliche Lithurgie runtergeleiert hat, zeichnet er pathetisch ein großes Kreuzzeichen in die Luft. Kaum zu glauben, dass der Typ Latein beherrscht! War Pierre Brice nicht Franzmann? Egal? Während der Häuptling noch betreten ins Leere starrt, schnippe ich unbekümmert einen Joint in die Grube. Frei nach dem Motto: Asche zu Asche. Im Hintergrund das dumpfe Rattern eines Betonmischers. So richtig kann ich es noch immer nicht fassen. Was für ein Plan! Die ganze Aktion ist purer Irrsinn. Nachts auf ‘ner Baustelle ‘n Fundament für zwei Leichen zu gießen. Ich und so’n ausgezehrtes Drogengespenst. Das wird noch’n verdammt hartes Stück Arbeit für uns. Hoffentlich hört’s niemand. Hoffentlich. Wenn irgendjemand uns heute Nacht erwischt, sind wir geliefert…

Holland in Not!
Der Motor heult auf. Mit ‘nem Affenzahn brettern wir über die Landstraße Richtung Grenze. Unser Ver-

steck wird gerade auf den Kopf gestellt. So viel ist sicher. Während ich meinen Wagen in einer Mischung aus Geschwindigkeitsrausch und kontrolliertem Wahnsinn gerade noch in der Spur halte, zieht Old Sitting Bull genüsslich an einer silbrig-glänzenden Hasch-Pfeife. Nach dem, was wir gemeinsam erlebt haben, kann ich mich von dem armen Kerl einfach nicht mehr trennen. Wäre auch herzlos, ihn hier sitzen zu lassen. Mitten in der Pampa.
Aus dem Radio blubbert der melancholische Tenor von Lou Reed: „Oh, it's such a perfect day". Nur ein Gedanke: unterwegs nach Amsterdam. Unterwegs in neue Abenteuer. Unterwegs in die Freiheit. Hauptsache, unterwegs.

Kerouac wäre stolz auf uns.

Gerd Grunewald

Peng

Hubertine Pischler schob die Wohnzimmergardine zur Seite und starrte mit leerem Blick auf die regennasse Straße. Es war bereits Mitte März und der Frühling wollte und wollte einfach nicht kommen in diesem Jahr. Die alte Uhr auf der Anrichte schlug drei Mal. Es wurde Zeit, ihren Willi zu besuchen. Sicher würde er schon auf sie warten. Um kurz vor halb vier betrat sie den kleinen Friedhof in Merbeck.

Hauptkommissar Klaas Gerken schaute gedankenverloren auf das weiße Blatt vor sich. Eigentlich hatte er sich ein paar Stichworte einfallen lassen wollen. Zum Thema Sicherheit an den Schulen im Kreis Heinsberg. Sein Chef hatte ihm für den Nachmittag ein Interview mit so einem Presseheini aus Erkelenz aufs Auge gedrückt. Seit dem Amoklauf von Winnenden schien es kein anderes Thema mehr zu geben. Widerwillig schüttelte Gerken den Kopf. Noch ein paar Wochen war öffentliches Gruseln angesagt. Passieren würde auch diesmal nichts, da war er sich sicher. Wie nach Erfurt nicht. Und nach Emsdetten auch nicht. Er fühlte sich alt, uralt, frühzeitig vergreist. Mit Mitte fünfzig! Nein, das war jetzt nicht die Zeit für Interviews, auch nicht für ihre Vorbereitung. Gab es nichts Wichtigeres? Gerken nahm lustlos einen braunen Schnellhefter aus der Ablage: der „Hartbrandwichtel-Fall“. Vor einer Woche waren aus

einem Vorgarten in Geilenkirchen fünf Gartenzwerge spurlos verschwunden. Diebstahl? Zwergnapping? Gut, es war ja nicht nur der Liebe wegen, er hatte es auch ruhiger haben wollen, als er sich vor drei Jahren von Hamburg hierher zur Kripo in Heinsberg hatte versetzen lassen, aber so ruhig nun auch wieder nicht. Genervt warf Gerken die Akte zurück. Er lehnte sich in seinem Bürostuhl zurück, zog die oberste Schublade seines Schreibtischs auf und griff zu einem Stethoskop, das dort sauber aufgerollt neben seiner Dienstwaffe lag. Er schob seine Krawatte etwas zur Seite und öffnete den untersten Knopf seines Oberhemdes, gleich oberhalb der Gürtelschnalle. Dort schob er den Kopf des Stethoskops hinein und setzte die Ohrbügel auf. Das machte er immer, wenn er sich neu sortieren musste. Ihn beruhigte das Blubbern, Brausen, Gluckern und Zischen aus seinem Bauch. Seine ganz eigene Biofeedbackmethode war das. Die Kollegen spöttelten kaum noch über die seltsamen Gebräuche des „Fishcops" aus dem Norden. Seinen Spitznamen hatte er aber weg: „Dr. Gerken".
„Herr Doktor, Herr Doktor, ein Notfall auf Station 6!" Oberkommissar Reiner Rilke hatte die Tür zu Gerkens Büro aufgerissen.
„Männliche Leiche. Rothenbach. Nahe der Kreis-Mülldeponie."
Sorgsam rollte Gerken seine medizinische Horchapparatur auf, legte sie in die Schublade zurück und nahm seine Waffe an sich.

„Da vorn, gleich neben dem Zaun unter den Büschen", begrüßte ein uniformierter Kollege die beiden Kripobeamten am Fundort, „sieht ziemlich übel aus. Ist nicht mehr viel, wo eigentlich ein Gesicht sein müsste.“

Es regnete noch immer, als Hubertine Pischler in den kleinen Weg einbog, an dessen Ende das Grab ihres Mannes lag. Heute wirkte der Gottesacker noch trostloser als die Tage zuvor. Fünf Tage war es erst her, dass sie Willi Pischler zur letzten Ruhe gebettet hatten. Der Wind hatte die Schleifen der Kränze verdreht. Aber das war es nicht allein, es sah so anders aus als die Tage zuvor, so unordentlich. Und wenn der alte Pischler etwas hasste, dann war es Unordnung.
„Nun reg Dich mal nicht auf, Willi, ich mach das schon.“
Sie hatte es kaum vor sich hingemurmelt, als sie abrupt stehen blieb. Keine zehn Meter vor ihr hatte sich neben dem Grab eine kleine, dunkle Gestalt erhoben. Der Fremde schien genauso erschrocken zu sein wie sie. Sekunden, die einem im Nachhinein wie eine Ewigkeit vorkommen, blickten sie einander an, dann hatte sich der Mann offensichtlich gefangen und rannte in Richtung des kleinen Parkplatzes davon. Ein Motor heulte gequält auf und ein heller Lieferwagen raste nach links über den Feldweg, bog in Richtung Harbeck auf die Landesstraße und entfernte sich rasch.
„Ja, ja, ich mach' ja schon“, seufzte Pischlers Witwe schwer und zog die Schleifen glatt. Danach ging sie auf die linke Seite des Grabes, um den verrutschten Blumenschmuck zu richten. Kaum hatte sie den obersten Kranz angehoben, als sie mit weit aufge-

rissen Augen auf das stierte, was darunter herausgerutscht war: das nackte Ärmchen eines Kindes. Der Kranz entglitt ihren Händen, rollte noch ein Stück über den matschigen Weg und kippte in eine Pfütze. Wie hypnotisiert folgte ihr Blick noch kurz dem taumelnden Kranz, bevor sie sich an die Brust fasste und lautlos in sich zusammensackte.

„Da muss jemand eine Mordswut gehabt haben. Todesursächlich ist zweifelsfrei die stumpfe Gewalteinwirkung im Kopfbereich. Das Schädeldach ist scherbenartig zerlegt und an der Schädelbasis habe ich einen so genannten Scharnierbruch ausgemacht."
„Und was heißt das, Herr Doktor?" Hauptkommissar Gerken hatte sich den Hörer zwischen Schulter und Ohr geklemmt und lauschte den Ausführungen des Gerichtsmediziners aus Köln, während er mit einer Plastikgabel im Menü Nummer 23 vom Chinesen um die Ecke herumstocherte. „Babi Pang Peng" oder so, geröstetes Schweinefleisch, er konnte sich die Namen dieser Gerichte einfach nicht merken.
„Das heißt", fuhr Dr. Roland Bednarz fort, „dass auf den armen Kerl noch eingeschlagen wurde, als sein Schädel bereits auf dem Boden auflag. Anders lässt sich eine solche Verletzung nicht erklären. Nur der Vollständigkeit halber: Die knöchernen Mittelgesichtsstrukturen sind zertrümmert, Ober- und Unterkiefer sind mehrfach gebrochen, Zähne ausgeschlagen."
„Danke, Doc. Das reicht fürs Erste. Faxen Sie mir den Rest bitte rüber."
Gerken schob den Plastikteller von sich. Appetit hatte er jetzt keinen mehr. Was konnte den Täter so in Rage versetzt haben? Wer war das Opfer? Papiere

hatte der Tote keine bei sich gehabt. Nur eine Börse mit Kleingeld und zwei Kassenbons einer Bäckerei in Roermond hatten sie bei ihm gefunden.
„Herr Doktor, ich störe ungern, aber wir müssen wieder“, Reiner Rilke hatte die Tür aufgerissen, „ein toter Junge. Friedhof in Merbeck.“
Es regnete immer noch, als sie den Friedhof erreichten. Polizeiobermeister Wichmann, der gleiche Beamte, der sie bereits am Vortag in Rothenbach empfangen hatte, führte sie zu dem etwas abseits gelegenen Grab von Willi Pischler. Einige abgeräumte Kränze und Gestecke umsäumten es. Auf dem verbliebenem Grabschmuck lag ein etwa sechsjähriger Junge – wie schlafend. Der rechte Arm war seitlich ausgestreckt, die linke Hand ruhte auf seinem Bauch, eine weiße Chrysantheme darin.
„Die da haben sie gefunden“, der Uniformierte wies auf ein älteres Ehepaar in Gummistiefeln und gelben Friesennerzen ein paar Meter entfernt.
„Wen denn noch?“, raunzte Rilke.
„Eine alte Frau. Sie lag hier neben dem Grab. Ist unterwegs ins Krankenhaus. Vermutlich ein Herzanfall.“
Keine halbe Stunde später war der gesamte Friedhof abgesperrt.
„Lass uns ein paar Schritte gehen, Reiner, die Spurensicherung kommt auch ohne uns klar“, forderte Gerken seinen Kollegen auf, „ich mag keine Friedhöfe. Da kommen so Fragen hoch. Gibt es ein Leben vor dem Tod? So als Beamter meine ich, noch zehn Jahre bis zur Pension.“
Rilke hielt inne und musterte seinen Vorgesetzten von der Seite. Ist schon eine schräge Type, unser

Nordlicht, dachte er bei sich. Wortlos setzten sie ihren Weg durch die Grabreihen fort.
„Schau mal, das hier sieht nach einem Kindergrab aus. Frisch. Keine Woche alt."
Rilke wies auf ein weißes Holzkreuz am Kopfende eines blumengeschmückten Grabes. „Zhang Bao 18.6.2003 – 12.3.2009" stand darauf in schwarzer Schrift.
„Keine Woche liegt er hier und keine sechs Jahre ist er alt geworden. Du, das ist doch kein Zufall. Der Kleine dahinten, das ist doch auch ein Chinese. Sollte so ein perverses Schwein den hier ausgebuddelt haben und irgendwann auf das Grab von dem Pischler …?", fragte Rilke mehr sich selbst als seinen Vorgesetzten.
„Für Spekulationen ist es nun wirklich noch zu früh. Komm, machen wir erst einmal unsere Hausarbeiten", gab Gerken zu bedenken. „Warten wir, was die von der Spusi zu berichten haben."
Gerken strich sich den Regen aus dem Gesicht. Zwei Leichen in zwei Tagen. Das sind ja fast schon Hamburger Verhältnisse, dachte er bei sich.

Klaas Gerken nahm einen tiefen Schluck aus seinem Kaffeebecher und blickte in die Runde. Acht mehr oder weniger ausgeschlafene Kriminalbeamte aus Heinsberg und Mönchengladbach, die seit heute die Mordkommission „Rothenbach" bildeten, folgten an diesem Vormittag seinen Ausführungen.
„Ich fasse zusammen: Wir haben zwei Tote und mindestens ein Tötungsdelikt – den Toten aus Rothenbach. Die Todesursache des Jungen aus Merbeck, vermutlich ein Chinese, steht noch nicht fest. Ich er-

warte den Anruf der Gerichtsmedizin im Laufe des Vormittags. Die alte Dame, die den Jungen entdeckt hat, könnte nach Auskunft des behandelnden Arztes noch heute befragt werden. Reiner, machst du das bitte. Konzentrieren wir uns also auf unseren Toten mit dem eingeschlagenen Schädel. Laut Rechtsmediziner wurde er am frühen Morgen des gestrigen Tages erschlagen, so zwischen fünf und sieben. Tatwaffe: der Drehmomentschlüssel, der keine zwei Meter entfernt sichergestellt wurde. Fundort vermutlich gleich Tatort. Identität des Opfers unbekannt. Vielleicht ein Niederländer. Zeugen: bislang Fehlanzeige. Vier von euch müssen raus nach Rothenbach. Vergesst den Golfplatz nicht. Vielleicht hat ein Frühaufsteher unter den Golfern etwas gesehen. Fragen?“

„Ich habe da möglicherweise etwas“, meldete sich Rilke zu Wort, „gestern ist um 6:38 Uhr auf der Kirchstraße in Wassenberg ein Ford Transit älteren Baujahrs geblitzt worden. Niederländisches Kennzeichen. Hatte 84 Sachen drauf. 30 sind da erlaubt. War der Rekordhalter gestern.“

Rilke stand auf und heftete zwei großformatige Fotos an die Pinnwand.

„Die Anfrage an die niederländischen Kollegen läuft bereits. Ach übrigens“, er tippte auf eines der Fotos, „am Steuer sitzt ein Asiate, möglicherweise ein Chinese.“

Kaum hatte Gerken die Tür seines Dienstzimmers halb geöffnet, als das Telefon läutete.

„Geeerken“, meldete er sich, der Hamburger Tonfall hatte sich auch nach drei Jahren Niederrhein nicht abgeschliffen, „ach Sie sind’s Doc. Was haben Sie für mich?“

Kurz und knapp gab der Rechtsmediziner aus Köln die Ergebnisse seiner Arbeit durch: „Die Verletzungsmuster des Jungen sprechen für massive stumpfe Gewalteinwirkung – typisch für Verkehrsunfälle oder einen Sturz aus großer Höhe. Da wir an der Kleidung helle Lackpartikel gefunden haben, war es zweifelsfrei ein Unfall mit einem Kraftfahrzeug. Todeszeit: gestern so zwischen fünf und sieben. Postmortale, das heißt nach Eintritt des Todes zugefügte Verletzungen, habe ich keine gefunden. Schriftliches wie üblich in den nächsten Tagen."
Gerken bedankte sich artig.
„Da nich' für", versuchte sich Bednarz im Hamburger Dialekt.

„Hör auf deinen Bauch!" Gerkens innere Stimme ließ ihn nach seinem Stethoskop greifen. Er musste sich kurz mal rausnehmen, sich „kondensieren", wie er das nannte. Doch kaum hatte er den Hemdknopf geöffnet, als Rilke in seinem Arbeitszimmer stand. Rilkes Klopfen und das Aufreißen der Tür waren eine Bewegung gewesen.
„Sag jetzt nicht, wir haben schon wieder 'ne Leiche." Gerken sah seinen jungen Kollegen fragend an.
„Nein, noch nicht. Mit Betonung auf „noch". Ich stehe nämlich kurz vorm Infarkt. Ich habe über die Staatsanwaltschaft Mönchengladbach die Exhumierung des chinesischen Jungen beantragt. Also den aus dem Grab mit dem Plüsch-Panda. Um auszuschließen, dass irgendein Perverser den ausgebuddelt hat. Und weißt Du, was der Richter entschieden hat? Halt Dich fest! Der alte Korinthenkacker hält den Antrag formaljuristisch für unzu-

lässig, weil der Junge – so unser Verdacht zuträfe – ja bereits exhumiert sei. Er liege doch bereits in der Rechtsmedizin. Das ist Sabotage, Sabotage ist das! Der gehört eingesperrt.“ Rilke kriegte sich gar nicht mehr ein.
„Heh, komm runter! Dann vergessen wir eben den Exhumierungsantrag und besorgen uns einen Durchsuchungsbeschluss für das Grab. Doch halt mal ...“, Gerken kramte in seinen Notizen, „... vergessen wir's. Der kleine Bao kommt gar nicht in Frage, der wurde bereits vor einer Woche beigesetzt. Der tote Junge auf dem Grab von dem Pischler war keine 24 Stunden tot, als er gefunden wurde. Das hat mir Bednarz vorhin durchgegeben. Wir müssen einen Gang runter, wir sind zu hektisch. Sag bitte den anderen Bescheid, wir treffen uns um 16 Uhr im Besprechungsraum.“

Es war bereits 19 Uhr, als sich Gerken in seinen Drehstuhl fallen ließ und nach seinem Stethoskop langte. Die anderen hatte er vor einer halben Stunde nach Hause geschickt. Gerken legte die Krawatte ab, öffnete den untersten Hemdknopf und legte die Membran seines Doktorspielgeräts auf seinen Bauch. Das erste, was er zu hören bekam, war ein lang gezogener Heulton. Irgendetwas zwischen Wolf und Kojote. Dann das wohlbekannte Zischen, Brummen und Glucksen.
Merkwürdig war das Ganze schon. Zwei chinesische Jungen in etwa gleichem Alter. Beide tot. Beide Verkehrsopfer. Auch der kleine Bao hatte die Folgen eines Verkehrsunfalls nicht überlebt. Beide auf dem Dorffriedhof in Merbeck beigesetzt.

Beigesetzt? Doch wohl nur einer. Obwohl - entsorgt ist der Kleine auf Pischlers Grab nun gerade nicht worden, so sorgsam wie er dort aufgebahrt worden war. Und dann war da noch ein Toter mit eingeschlagenem Kopf. Gab es eine Verbindung? Ein paar Golfer wollten mehrere Menschen etwa zur Tatzeit wild gestikulierend in der Einfahrt zur Mülldeponie gesehen haben. Gab es Zoff? Kurz darauf ein Asiate, wahrscheinlich Chinese, mit einem Ford Transit in der Radarfalle. Die alte Dame hatte bei ihrer Befragung angegeben, dass ein heller Kastenwagen davongerast war. Mit gelbem Kennzeichen. Verdammt, das konnte doch kein Zufall sein. Da musste es doch einen Zusammenhang geben. Nur welchen?

Der Kojote heulte wieder, oder war es der Wolf? Erst jetzt bemerkte er, dass er seit dem Frühstück nichts mehr gegessen hatte. Im China-Menü hatte er mehr herumgestochert als davon gegessen. Und überhaupt kam ihm heute alles sehr chinesisch vor. Zeit, Schluss zu machen für heute.

„Albeite flöhlich ohne Mullen und Knullen und immel dalan denken: Albeit macht Fleude!" Müde lächelnd blickte Gerken auf die Karikatur auf seinem Schreibtisch, als er am folgenden Morgen sein Büro betrat. Rilke war also schon da. Das konnte nur von ihm stammen.

„Moin, Herr Doktor", Rilke stand in der offenen Bürotür, „wusstest Du, dass es 1,6 Milliarden Chinesen gibt und einige von denen gerade ein Meeting hier in Heinsberg haben? Die China-Wochen gehen weiter, nicht nur bei McDoof. Ich glaube, unser rasender

Chinese sitzt bei uns in der Ausnüchterungszelle. Er ist gestern nach einer wilden Verfolgungsjagd auf dem Grenzlandring in Wegberg gestellt worden. 2,3 Promille Blut im Alkohol."

„Hat er schon was gesagt?" Gerken war hellwach.

„Hat el. Blabbelt so vol sich hin. Nul velsteht ihn keinel."

„Dann brauchen wir wohl einen Dolmetscher."

„Ist bereits veranlasst, Chef. Ist schon im Anmarsch, kommt aus Düsseldorf."

Um kurz nach zehn saß Gerken mit Li Jianhua, dem Dolmetscher aus der Landeshauptstadt, einem vollkommen in sich zusammengesunkenen Mann von etwa 30 Jahren gegenüber. Er mochte allenfalls knappe einsfünfundsechzig sein. So zusammengesunken, wie er vor ihnen saß aber allerhöchstens - gefühlte - einszwanzig. Er trug ein verschmuddeltes, angegrautes T-Shirt, das vor langer Zeit einmal weiß gewesen sein mag, blaue verschlissene Jeans und ausgelatschte Sportschuhe. Er hob nicht den Kopf, als sein Landsmann und Gerken ihm gegenüber Platz nahmen.

„Da krieg'ste ja eher was aus so einem Ton-Krieger raus", fluchte der Ex-Hamburger, als er eine Stunde später das Verhörzimmer verließ.

Rilke hatte inzwischen Hausarbeiten gemacht.

„Der Ford Transit ist auf einen Holländer zugelassen, Jan Roubroeks. Alter Bekannter unserer holländischen Kollegen. Mehrfach vorbestraft, wegen Drogen und – jetzt kommt's: als Schlepper. Ich wette, das ist unser Toter. So langsam kommt Licht in die Sache." Rilke war nicht zu bremsen.

Am späten Nachmittag brach Jiang Wen sein Schweigen.

Am Vormittag des folgenden Tages referierte Gerken nach einer langen Nacht den aktuellen Sachstand vor der Mordkommission „Rothenbach“:
„Jiang Wen und mehr als zwei Dutzend seiner Landsleute hatten einen Traum, einen Traum von einem besseren Leben. Schuldigung, weiter ohne Poesie: Sie sind in einem Container über Rotterdam illegal nach Europa gekommen. Im Ford Transit des Jan Roubroeks sollten zwölf – unter ihnen Wen mit seinem sechsjährigen Sohn, sein Name war Peng - nach Deutschland eingeschleust werden. Über Rothenbach. Kurz hinter der Grenze ist es dann zu so was wie einer Meuterei gekommen. Die waren schlichtweg fertig, fix und alle. Wen-Junior war nicht das einzige Kind im Wagen. Roubroeks musste anhalten. Das war in der Einfahrt zur Mülldeponie. Alle sind sofort raus. Peng hat sich in dem Tumult losgerissen und ist davongelaufen. Ist einfach durchgedreht der Lütte. Sorry, das war norddütsch und heißt: der Kleine. Roubroeks hat getobt und rumgeschrien. Ist mit dem Wagen hinterher. Hat ihn überfahren. Ob Unfall oder Absicht wird sich wohl nicht mehr zweifelsfrei klären lassen. Was dann genau geschah, erinnert Wen nicht mehr. Er habe irgendetwas Schweres von der Ladefläche des Lieferwagens genommen und auf den Kerl eingeschlagen. Bis ihn seine Landsleute weggezogen haben. Sie haben den Holländer dann ins Gebüsch geschleift und sind abgehauen. Wen ist gefahren. Um 6:38 Uhr ist er in Wassenberg geblitzt worden. Kurz darauf sind sie dann zufällig in Mer-

beck am Friedhof gelandet. Die anderen sind zu Fuß abgehauen. Wen hat seinen toten Sohn beerdigen wollen, wurde aber gestört. Da hat er ihn erst einmal nur versteckt und wollte später wiederkommen. Ist er dann auch. Aber da war der Junge schon weg. Der Rest ist bekannt.
Übrigens, der Dolmetscher sagte mir, Peng bedeute „Großer Vogel“. Hat hier nicht landen können, der kleine, große Vogel. Geplatzte Träume.“

Endlich – zum kalendarischen Frühlingsanfang schien die Sonne. Nach drei Tagen Krankenhaus konnte Hubertine Pischler es kaum erwarten, ihren Willi zu besuchen. Sie hatte ihm viel zu erzählen.

Renate Janssen

Unverhofft kommt oft

„Frau Haase, Sie wissen, warum ich Sie habe kommen lassen? Unsere Firmeneinstellung dürfte Ihnen hinreichend bekannt sein. Wenn Sie sich ihren Arbeitsvertrag einmal genauer angesehen hätten, wüssten Sie, dass es Ihnen ausdrücklich untersagt ist, eine weitere Tätigkeit neben Ihrer Festanstellung bei uns aus zu üben. Wie ich gestern Abend beim Tanken feststellen musste, scheinen Ihnen unsere Arbeitsbedingungen nicht zuzusagen, in diesem Fall scheint es mir vernünftig, wenn wir in gegenseitigem Einverständnis dieses Arbeitsverhältnis lösen."

„Bitte verstehen Sie doch, ich brauche das Geld so dringend und mein Job bei der Tankstelle hat doch überhaupt keine Auswirkung auf meine Arbeit hier in der Verwaltung..."

„Sie scheinen mich nicht zu verstehen", Herr Dietrich, der Abteilungsleiter war erregt aufgesprungen, „hier geht es ums Prinzip. Wenn ich Ihnen erlaubte, den Arbeitsvertrag zu brechen, würde ich der Anarchie Vorschub leisten."

„Aber es ist doch niemandem ein Schaden entstanden. Wenn ich meinen Job abends an der Tankstelle kündigen würde..."

„Wenn ich Sie recht verstanden habe, dann war Ihre Begründung doch, dass Sie mit Ihrem Gehalt nicht zu Rande kommen. Was würde es daran ändern, wenn ich Ihnen erlauben würde, hier weiter zu arbeiten?

Sie würden doch nur heimlich an anderen Stellen vertragswidrig einer Nebenbeschäftigung nachgehen, und damit anderen als schlechtes Beispiel dienen."
„Bitte, verstehen Sie doch. Mein Bruder ist seit seinem Unfall vor einem halben Jahr auf meine Hilfe angewiesen. Die Behandlungen sind sehr teuer und ich habe meine Ersparnisse mittlerweile aufgebraucht..."
„Also erstens ist das nicht unser Problem und dann gibt es ja schließlich eine Krankenkasse, die für Behandlungskosten aufkommt." Herr Dietrich setzte sich in seinen ledernen Chefsessel und wirkte nun wieder ruhig und überlegen.
Frau Haase hockte auf der Kante des Stuhles ihm gegenüber und rang die Hände. „Die Krankenkasse übernimmt die Kosten für diese Behandlungen nicht, sie sind nicht im Leistungsverzeichnis enthalten, sagt der Sachbearbeiter."
„Nun, dann wird dies seine Gründe haben. Sie sollten auf das Fachwissen der Angestellten Ihrer Krankenkasse vertrauen und die Behandlungen abbrechen. Aber wie auch immer, das hat nichts mit unserem Problem zu tun. Wobei ich glaube, dass Sie, wenn Sie vom Arbeitslosengeld leben, die Behandlung ohnehin werden beenden müssen. Ich werde den Auflösungsvertrag gleich am Montag aufsetzen lassen, heute ist Frau Silkes aus unserer Personalabteilung wohl schon im Wochenende. Ich denke, mit dem Auflösungsvertrag komme ich Ihnen schon genug entgegen, schließlich könnte ich Ihnen auch fristlos kündigen, was bei einem künftigen Arbeitgeber sicher keinen guten Eindruck hinterlassen würde. Ich erwarte, dass Sie Ihren Arbeitsplatz heute schon räu-

men. Montag können Sie dann den Aufhebungsvertrag unterzeichnen und ich denke, den Dienstag werden Sie für den Besuch beim Arbeitsamt brauchen. Das soll heutzutage ja etwas länger dauern, habe ich mir sagen lassen.“

Herr Dietrich lächelte kalt. Er schob die Papiere auf seinem Schreibtisch zu einem ordentlichen Stapel zusammen und legte ihn zur Seite. Er schaute auf: „ Ist noch irgendetwas?“

Frau Haase war aufgestanden und stand unschlüssig vor dem großen Eichenschreibtisch. „Können Sie nicht…“, ihre Stimme brach und sie begann zu weinen, „wenn ich einen Auflösungsvertrag unterschreibe, werde ich vom Arbeitsamt gesperrt und bekomme drei Monate kein Geld.“

„Es ist erstaunlich wie gut Sie sich auskennen, aber nein, ich kann gar nichts dagegen tun, schließlich haben Sie sich diese Situation selbst zu zuschreiben und nun muss ich Sie bitten zu gehen. Auch ich habe ein Anrecht auf mein Wochenende, wie Sie sicherlich verstehen werden.“ Der Abteilungsleiter war aufgestanden und um den Schreibtisch herumgekommen. Frau Haase war vor ihm zurückgewichen. Zufrieden, dass die Frau nun wohl offensichtlich den Rückzug antreten wollte, kam er ihr hinterher.

Plötzlich stieg Wut in ihr auf. All die Probleme, die in den letzten Wochen über sie hinweg gerollt waren, stürmten auf sie ein.

Der Unfall ihres einzigen Bruders, die Probleme mit der Krankenkasse, die die Kosten für die Behandlung nicht übernehmen wollte, die endlosen Diskussionen mit dem für ihren Bruder zuständigen Sachbearbeiter. Das Geld, das immer weniger wurde, der schlechtbe-

zahlte Zweitjob an der Tankstelle. Die Nächte waren dadurch sehr kurz geworden, und zum Schluss, gestern Herr Dietrich, der ausgerechnet an ihrer Tankstelle getankt hatte.
Er hatte nichts gesagt, er hatte bezahlt und sie dabei so merkwürdig angesehen. Sie hatte sich in Sicherheit gewiegt, als er sie heute Morgen nicht direkt in sein Büro zitiert hatte. Er hatte bis zum Feierabend gewartet.
Er kam immer näher, durch ihre tränenverschleierten Augen sah sie nur eine verschwommene Gestalt auf sich zu kommen, die immer größer und dunkler zu werden schien. Sie war kein gewalttätiger Mensch, ihre Wut erschreckte sie selber. Sie stieß ihn mit aller Gewalt zurück.
Er stolperte. Ob es der Schreck war, dass sich plötzlich diese kleine Angestellte gegen ihn zur Wehr setzte oder ob eine Unregelmäßigkeit im Teppich zu seinem Fall führte, vermochte sie im Nachhinein nicht zu sagen.
Er stürzte. Sein Kopf schlug auf die Kante des Schreibtischs.
Dann schien die Zeit still zu stehen. Der Augenblick dehnte sich zur Ewigkeit. Langsam rutschte der Körper zu Boden, Blut sickerte in den teuren Teppich. Offene Augen blickten wie erstaunt zur Decke.
Mein Gott, dachte sie, ich habe ihn umgebracht.
Benommen drehte sie sich herum und ging aus dem Büro hinaus in den Gang. Sie schloss die Tür hinter sich und ging in das Großraumbüro, das am anderen Ende des Ganges lag, zu ihrem Schreibtisch. Sie war allein. Alle anderen Angestellten waren bereits nach Hause gegangen. Freitags waren sie alle pünktlich.

Würde man sie verdächtigen? Wer wusste, dass sie zum Chef gerufen worden war? Ihr schwindelte. Sie konnte keinen klaren Gedanken fassen. Was wurde aus ihrem Bruder, wenn sie ins Gefängnis musste? Es war ein Unfall, schrie eine innere Stimme. Aber würde man es ihr glauben, sagte ihr Verstand.
Sie nahm ihre Handtasche aus der Schublade und den Mantel von der Garderobe und verließ das Gebäude.
Die Geschäftsräume der Firma lagen an der Rheinstraße im Gewerbegebiet von Hückelhoven. Sonst erledigte sie hier freitagnachmittags ihre Einkäufe bei den Discountern, aber heute fühlte sie sich dazu nicht in der Lage. Sie konnte das Zittern nicht unterdrücken und hatte das Gefühl, dass sich jeden Moment eine Hand auf ihre Schulter legen würde, begleitet von dem Satz, der in nahezu jedem Krimi zu hören war: „Sie sind verhaftet." Sie stieg in ihren Kleinwagen und verursachte fast einen Unfall, als sie vom Firmenparkplatz auf die Rheinstraße fuhr. Hinter sich hörte sie wildes Hupen.
Erst einmal nach Hause, dachte sie. Es war fast ein Wunder, dass sie es schaffte, ohne einen Unfall zu verursachen, nach Hause zu fahren. Nur ein Dorf weiter, nach Doveren. Als sie an der Polizeidienststelle vorbeifuhr, verließ gerade ein Einsatzwagen mit Blaulicht und Sirene den Parkplatz und fuhr in hohem Tempo Richtung Stadt. Sie hatte das Gefühl, ihr Herz würde stehen bleiben, um dann im nächsten Moment im Galopp davon zu jagen.
Als sie endlich in ihrer Wohnung angekommen war, war sie mit ihren Nerven völlig am Ende. Gott sei Dank war sie nicht ihrer überaus redseligen Nach-

barin in die Arme gelaufen. Das hätte sie im Moment nicht ertragen können. Was sollte sie jetzt bloß tun? Wann würde man die Leiche finden? Heute Abend nicht mehr, morgen Vormittag kam eine Putzfrau, die musste über den Dietrich stolpern. Würde ihn vielleicht heute Abend schon jemand vermissen? War er verheiratet? Sie wusste es nicht. Wie schnell würde die Polizei herausfinden, dass sie es gewesen war? In den Krimis fand die Polizei immer heraus, wer der Täter war. Man fand Fingerabdrücke oder Haare des Mörders, mit denen man ihn überführen konnte.

Langsam regte sich Trotz in ihr. Der Dietrich war ein Ungeheuer gewesen, alle wussten das. Es gab kaum einen Mitarbeiter, den er nicht schon schikaniert hatte. Aber das gibt dir nicht das Recht, ihn zu töten, sagte ihr Gewissen. Ich muss jetzt an Arnold denken, sagte sie sich. Wenn ich nicht für ihn sorgen kann, was soll dann aus ihm werden?

In dieser Nacht schlief sie nicht viel.

Samstags fuhr sie in die Niederlande um ihren Bruder in der kleinen Privatklinik in Vlodrop zu besuchen. Sie zwang sich, die Strecke an der Polizeiwache in Hückelhoven vorbei zu nehmen, und als sie dort vorbei war, ohne angehalten worden zu sein, fühlte sie sich gleich viel sicherer. Eine illusorische Sicherheit sicher, aber sie hatte sich entschlossen, sich nicht zu stellen. Kamen im wirklichen Leben die Täter nicht öfter davon als im Film? Es gab doch häufiger ungelöste Todesfälle.

Sie verbrachte fast den ganzen Tag bei ihrem Bruder, schob ihn im Rollstuhl durch die Straßen der Kleinstadt und hörte ihm zu, wenn er über die Behand-

lungen der vergangenen Woche sprach. Arnold merkte, dass es seiner Schwester nicht gut ging, schob es aber auf die Doppelbelastung der zwei Jobs, tagsüber das Büro und abends der Dienst in der Tankstelle. Er wünschte sich, ihr helfen zu können, ging aber davon aus, dass seine schnelle Heilung die beste Hilfe für sie wäre und sprach sie nicht auf ihre Zerstreutheit und Nervosität an. Sie war ihm dankbar dafür. Sie wollte ihn nicht mit in die Geschichte hineinziehen, war sich aber bewusst, dass sie, wenn er sie direkt ansprechen würde, ihm nichts verschweigen könnte.
Am Sonntag ging sie in die Messe. Sie war schon seit Jahren nicht mehr in der Kirche gewesen. Aber heute brauchte sie den Trost, der von diesem aus Kindertagen vertrauten Ritual ausging. In der Predigt ging es um die Vergebung der Sünden. Würde Gott ihr vergeben? Oder würde er für ihre Bestrafung sorgen? Auge um Auge, Zahn um Zahn. Das ging ihr nicht mehr aus dem Kopf. Sie betete, bat um Vergebung und versprach, in Zukunft ein besseres Leben zu führen.
Wieder zu Hause, setzte sie sich vor den Fernseher und ließ sich von der unendlichen Flut der Bilder berieseln, nur Krimis mied sie. Nach der letzten durchwachten Nacht schlief sie vor dem Fernsehgerät ein.
Der Montagmorgen war da. Sie war früh aufgewacht, zerschlagen nach der Nacht auf dem Sofa. Sorgfältig machte sie sich zurecht, nach dem Duschen frisierte sie sich, legte ein dezentes Make up auf und suchte sich ihr zweitbestes Kostüm heraus, schlicht und elegant, nicht zu auffällig. Sie wagte es nicht, zu früh im Büro zu erscheinen, sie wollte nicht auffallen. Aber irgendwann musste sie los.

Als sie ins Büro kam, saß niemand an seinem Platz, die Angestellten standen in kleinen Gruppen zusammen und redeten leise miteinander. Brigitte vom gegenüberliegenden Schreibtisch kam sofort zu ihr herüber, als sie den Mantel an die Garderobe hängte.

„Du stell dir vor, der Dietrich ist tot!"

Sie zwang sich ruhig zu bleiben: „Was ist passiert?"

„Die Putzfrau hat ihn Samstagmorgen gefunden, sogar die Polizei war hier, er hat einen Herzinfarkt gehabt und ist gestürzt, hat sich den Schädel aufgeschlagen, soll alles voller Blut gewesen sein, hat er voll verdient, das Ekel."

Sie war blass geworden: „Ich wusste gar nicht, dass er Probleme mit dem Herzen hatte. Ist das sicher mit dem Herzinfarkt?"

„Wusste hier keiner, aber sein Hausarzt hatte ihn wohl schon gewarnt, hoher Blutdruck, sollte sich wohl nicht aufregen, als wenn ihm das nicht den meisten Spaß gemacht hätte. Hey, du bist ja ganz käsig im Gesicht. Du willst mir doch nicht erzählen, dass Du den Typen vermissen wirst?"

Gerd Grunewald

R. I. P.
Requiescat in pace
oder
Ruhe in Porselen

Meine Frau Christine und ich haben unsere schöne Penthouse-Wohnung in Düsseldorf aufgegeben. Eine schöne Wohnung war das. Fast 150 Quadratmeter plus Terrasse über den Dächern der Landeshauptstadt. Warum wir das aufgegeben haben? Der Ruhe wegen. Wir waren beide überzeugte Düsseldorfer. Es hat sicher seine Vorteile, in einer Großstadt zu wohnen. Wenn man jung ist allemal. Wir haben das auch sehr geschätzt. Aber jetzt mit 50 plus. Christine geht es da wie mir. Das Alter hat uns eine gewisse Geräuschempfindlichkeit beschert. Kurzum: Es war uns zu laut in Düsseldorf. Dieser Verkehr, diese Autos. Und viele meiner Nachbarn - in meinem Alter - können nicht in Würde alt werden. Muss Mann sich denn noch kurz vor der Verrentung eine Harley zulegen? Muss Mann dann auch noch einen draufsetzen und in einem Anfall spätpubertären Geltungsdranges den Auspuff manipulieren? Damit ja das sonore Grollen des chromblitzenden Zweizylinders das Klappern der dritten Zähne übertönt. Ich bin weiß Gott tolerant, aber es gibt Grenzen. Christine und ich sind da einer Meinung. Ich bin keiner von denen, die sagen, dass früher alles besser

war. Aber vieles schon. Christine ist auch da ganz meiner Meinung.
So wurden wir uns schnell einig: Wir ziehen aufs Land. Freunde von uns wohnen am Niederrhein, genauer gesagt: im Selfkant. Das ist schon fast Holland. „Kein Verkehr, kein Stress, keine Kompromisse“, sagt mein Freund immer. Er könne sich mit ausgebreiteten Armen rückwärts in eine Düne fallen lassen, wie in dieser Werbung für ein Bier aus Ostfriesland. Nur gibt es keine Dünen am Niederrhein. So kamen wir nach Porselen. Schmuckes Einfamilienhaus. Schmuckes, sauberes Dorf – und ruhig, vollkommen ruhig.
Diese Ruhe hier, die kann man schon genießen. Kein Vergleich zu Düsseldorf. Keine Harley weit und breit, nicht einmal ein Motorroller. Diese Ruhe …
Gut, da waren anfangs diese gellenden Schreie. Immer gegen vier Uhr am Morgen. Ich hatte so etwas noch nie gehört. Ich wollte die Polizei rufen. Todesschreie eines Kindes. Da war ich mir ganz sicher. Da konnte man sich doch nicht einfach rumdrehen, sich das Kopfkissen über den Kopf ziehen und so tun, als wäre nichts. Christine aber meinte, dass so kein Kind schreie. Sie hätte diese Schreie schon mal gehört. Im Urlaub. In Indien. Aber hier? Ein freundlicher Nachbar klärte uns auf: Pfauen, das seien Pfauen. Die würde so ein komischer Kauz halten, 300 Meter weiter oben in der Parallelstraße. Hätte auch schon jemand gegen geklagt, gegen den Lärm. Seien wohl in der zweiten Instanz.
Aber irgendwie ist ja alles auch eine Einstellungssache. Ich wachte zwar von den markdurchdringenden Schreien nach wie vor um vier Uhr morgens auf, aber da kein Kind umgebracht wurde, zog ich mir halt

mein Kopfkissen über die Ohren. Das mit der Einstellung, der richtigen, hat auch ein paar Tage geklappt. Dann fing ich zu recherchieren an. Es war so einfach. Die Kügelchen, die ich mir im Internet bestellt hatte, fielen im Vogelfutter nicht auf. Mir nicht und – ganz entscheidend – den Pfauen auch nicht. Wir konnten endlich wieder durchschlafen. Und wir genossen die Ruhe.
Das heißt, ganz so ruhig war es nun auch wieder nicht. Alle unsere Nachbarn hatten Hunde, manche sogar zwei. War schon putzig, wie unterschiedlich diese besten Freunde des Menschen so bellen konnten. Brauchte nur einer anzufangen und schwups, schon versuchten die anderen, ihn an Lautstärke zu übertreffen. Das war schon irgendwie interessant, wenn man dann in der einzigen hundelosen Wohnstatt weit und breit von diesem Gebell umzingelt war. Einer unserer Nachbarn hatte sogar einen Kojoten. Gesehen hatte ich ihn zwar nie, aber gehört. Jeden Abend. So ab 22 Uhr. Schade, dass ich nicht mehr rauche. Ich hätte mir gerne ein Lagerfeuer und eine Marlboro angezündet, mich von Porselen in die Prärie geträumt und ... Dann kam Christine und sagte, sie würde das Viech umbringen. Gleich morgen. Frauen kennen keine Romantik. Ich habe dann wieder recherchiert. Das war schon etwas schwieriger. Eigentlich bin ich ja auch tierlieb. Also leiden sollten die Köter nicht. Sicherheitshalber habe ich auch nicht bestellt. Nachdem ich wusste, was ich wollte, habe ich das Präparat in Belgien besorgt. Jetzt wollen sich unsere Nachbarn erst wieder einen Hund zulegen, wenn der verdammte Hundekiller gefasst ist, hat Christine beim Bäcker gehört.

Wenn ich so in meiner Hängematte abhänge, kann ich die Ruhe hier schon genießen. Das kann so schön sein, kein Verkehrslärm, keine Vogelgekreische, kein Hundegebell. Diese himmlische Ruhe …
Na ja, so ein Garten macht schon Arbeit. Das muss früher mal richtig viel Arbeit gewesen sein. Nur gut, dass wir im 21. Jahrhundert leben. Gut, dass wir so viele unentbehrliche Helfer haben, die uns die Arbeit erleichtern: Rasenmäher (am besten einen mit Benzinmotor, der schafft was weg), Laubbläser und -sauger, Kettensägen (gibt es noch Neubauten ohne Kamin?), Motorsensen und, und, und … Jeder unserer Nachbarn hat alle diese Geräte. Manch ein Gartengeräteschuppen ist größer als das Wohnhaus! Und diese Geräte werden auch genutzt – alle! Die Gartenarbeit wäre ja auch ohne Motorisierung gar nicht zu schaffen. Die Gärten in meiner Nachbarschaft haben alle so ihre mindestens 100 Quadratmeter gartenbaulich nutzbare Fläche.
Das besitzt schon seine Qualität, das Leben hier in Porselen. Gestern zum Beispiel war es ganz ruhig. Fast den ganzen Nachmittag. Richtig unheimlich. Unser Nachbar – der von rechts – wurde beerdigt. Hatte wirklich ein verdammtes Pech, der Arme. Ganz dummer Unfall sagen die Leute. Beim Holzmachen. Mit der Kettensäge. Kette gerissen. Ist jämmerlich verblutet. Mit anderen Worten: Gift hatten wir keines benutzt. Christine hatte ihn in ein kurzes Gespräch über den Gartenzaun verwickelt, ich kurz über den Zaun an die Säge gelangt. Nur eine winzig kleine Manipulation an der Kette … Keiner hatte ihn schreien gehört. War einfach zu laut. Waren alle im Garten, hatten alle gearbeitet. Am nächsten Tag war

Grünabfuhr. Dann ist am Vortag Großkampftag im Garten.
Wir sind nicht mitgegangenen zur Beerdigung. Wir mochten ihn nicht besonders. Er hatte sich wiederholt über unserer Katze beschwert. Würde zu laut miauen. Ich wäre ja mitgegangen, aber Christine ist in so was nachtragend. Aber diese Ruhe, diese himmlische Ruhe, die haben wir beide gestern Nachmittag sehr genossen. Nur das leise Dong-Dong der Kirchenglocken von St. Mariä Rosenkranz wehte leise zu uns herüber. Ist das nicht schön? Diese Ruhe? Ein Leben in Düsseldorf könnte ich mir gar nicht mehr vorstellen.
Apropos St. Mariä Rosenkranz. Zu unserer Linken wohnen zwei reizende ältere Damen. Schwestern. Beide schon über siebzig. Richtig knuffig die beiden. Wie die beiden alten Damen aus Arsen und Spitzenhäubchen. Und schöne Sachen machen können die. Wir kriegen regelmäßig Ergebnisse ihrer Kunstfertigkeit geschenkt. Sie bemalen Porzellan. Wirklich hübsche Sachen. Kaum noch eine freie Fläche in unserem Haus ohne Exponate der beiden. Alles in unterschiedlichen Techniken gefertigt, wie sie uns stolz erklärten. Da wurden Dekore mit Federn auf das Porzellan übertragen und sich in Indischmalerei geübt. Neuerdings kratzen sie mit feinen Hölzern aufgetragene Farbflächen wieder frei, um Reliefdekore zu gestalten. Das lernen sie alles in Klinkum. Ihr Schwiegersohn muss sie einmal die Woche die 20 Kilometer zum Kurs fahren. Christine und ich freuen uns dann immer. Das ist immer ein ruhiger Abend auf der Terrasse. Die beiden haben nämlich noch eine zweite Leidenschaft: Sie singen im Kirchenchor

von St. Mariä Rosenkranz. Nur leider eben nicht nur dort. Und bei den beiden von Singen zu sprechen, trifft eigentlich nicht wirklich den Kern der Sache. Hat doch das Singen etwas – im Vergleich zum Sprechen – mit präzise definierten Tonhöhen und einer rhythmischen Struktur zu tun. Anders ausgedrückt: Ihre Sangeskünste stehen in einem gewissen Gegensatz zu ihren Fertigkeiten auf dem Gebiet der Porzellanverschönerung. Vielleicht könnten Christine und ich das gelassener hinnehmen, wenn da nicht ihr Ehrgeiz wäre. Die haben richtig Ehrgeiz die beiden. Sie üben viel. Täglich. Nicht in St. Mariä. Zu Hause. Nebenan. Meist bei geöffnetem Fenster. Sanct-Mariä-Rosenkranz-Sisters – „Unplugged“. Ihr aktueller Hit:

„Sicher in Jesu Armen, sicher an seiner Brust,
ruhend in seiner Liebe, da finde ich Himmelslust. …

Christine machte mich mit vielsagendem Blick auf die offensichtliche Himmelslust der beiden aufmerksam. Ob man da nicht vielleicht etwas nachhelfen könnte? Der Ruhe wegen. Ich würde die beiden schon vermissen. Doch wir sind ja der Ruhe wegen hierher gezogen.

Kurt Lehmkuhl

Tot oder lebendig

War das die gerechte Strafe für das, was ich getan hatte? Zugegebenermaßen die Strafe für ein Verbrechen, das ich verübt hatte; die Strafe für das schwerste Verbrechen, das es gibt: für einen Mord.
Aber diese Strafe, die ich verbüßen musste – die war nicht gerecht oder wie auch immer ich sie bewerten sollte.
Dabei hatte ich den – aus meiner Sicht – perfekten Mord begangen. Die Absicht hatte sich schon seit einigen Jahren in mir verfestigt. Ich würde meine Ehefrau umbringen. Sie nervte nur noch, keifte aus mir unerklärlichen Gründen nur herum, war wahrscheinlich mit sich selbst weniger zufrieden als mit mir und ließ ihren Frust an mir aus. Unsere fast zwanzigjährige, kinderlose Ehe bestand nur noch auf dem Papier.
Eheliche Pflichten? Schon seit ewigen Zeiten Fehlanzeige.
Eheliche Rechte? Zuhauf; zumindest was meine Frau für sich beanspruchte. Ein bisschen Haushalt, aber viel Geld für sich. Ich war ihre Melkkuh, und sie wusste, dass ich mich ein Leben lang melken lassen würde.
Scheidung? Kam nicht in Frage. Ich hatte nichts, sie alles. Was sie an Werten in die Ehe gebracht hatte, würde sie auch wieder mitnehmen. Der von ihr aufgedrängte Ehevertrag sah es so vor. Das Wenige,

was ich hatte, würde ich auch noch mit ihr teilen müssen: die Lebensversicherung, die ich abgeschlossen hatte, das Aktiendepot, in das meine Verdienste eingeflossen waren. Und schließlich war da noch der Leumund, das Ansehen in der Gesellschaft, die es mir unmöglich machten, den Bruch unserer Ehe offiziell zu verkünden. Mein Arbeitgeber, das Bistum, bei dem ich als über alle Zweifel erhabener Verwaltungsdirektor tätig war, würde mir, dem Arbeitsvertrag entsprechend, fristlos kündigen.
Warum hast du überhaupt geheiratet? Diese Frage ist nicht legitim. Vor mehr als zwanzig Jahren gab es zwischen uns das, was als Liebe bezeichnet wurde. Aber davon ist nichts übrig geblieben. Es gab nur noch das, was schlimmer ist als Hass: Gleichgültigkeit für den eigenen Mann.

Ich würde sie umbringen. Das stand fest. Wann? Wie? Ich ließ mir Zeit, es würde sich einmal eine Gelegenheit ergeben – die Gelegenheit zum perfekten Mord.
Selbstverständlich dachte ich nicht immer nur an diese Gelegenheit, sie würde kommen, einmal, irgendwann, vielleicht zu einem Zeitpunkt, an dem ich nicht damit rechnete.
Mit dieser Erkenntnis konnte ich beruhigt meinem Tagwerk nachgehen und die Mordgedanken beiseiteschieben.
Autounfall? Tabletten? Ertränken? Möglichkeiten gab es viele – aber ich suchte nach der Möglichkeit, die mir die Gelegenheit zum perfekten Mord gab.
Und dann kam sie, plötzlich, geradezu unerwartet, obwohl ich immer darauf gewartet hatte: Ich sollte in

einem Baumarkt Halogenlämpchen für die Küchenbeleuchtung kaufen, so lautete der Auftrag meiner Frau, den ich auf dem Nachhauseweg erfüllen wollte, um mir nicht länger das Nörgeln wegen meiner Vergesslichkeit anhören zu müssen. Als ich den Einkaufswagen aus der Reihe zog, fiel mir der Hammer sofort auf, ein stabiler Hammer, wie er auf Baustellen benötigt wird, mit einer spitzen und einer flachen Seite. Irgendjemand hatte den Hammer gekauft und im Einkaufswagen vergessen. Mit einem Tempotaschentuch griff ich am Hammerkopf zu, vergewisserte mich, dass mich niemand beobachtete, und verstaute das Werkzeug vorsichtig im Kofferraum.
Ich wusste, was ich zu tun hatte. Der Hammer würde mein Tatwerkzeug sein.
Im Baumarkt kaufte ich die Lämpchen und einen zweiten Hammer, der dem ersten bis ins letzte Detail glich.

Ich wunderte mich über meine Ruhe, als ich die Haustür öffnete, wissend, dass meine Frau überhaupt nicht daran dachte, sich von der Seifenoper im Fernseher ablenken zu lassen. Sie blickte bei meinem Eintreten ins Wohnzimmer nicht einmal auf, wandte mir ihren Rücken zu und fieberte lieber mit den Schauspielern auf der Mattscheibe, als mir einen flüchtigen Gruß zu schenken. Emotionslos trat ich hinter sie und schlug mit dem spitzen Hammerende zu. Ich war erstaunt, mit welcher Leichtigkeit das Metall in den Kopf eindrang, und ich war erschrocken, wie wenig meine Frau reagierte. Es dauerte, bis ihr bewusst wurde, dass etwas Schreckliches mit ihr geschah. Aber für mich war es zu spät für eine Abkehr. Ich schlug ein

zweites Mal zu, ein drittes und ein viertes Mal auf den Schädel ein. Mein Puls stieg von Schlag zu Schlag, meine Sinne vernebelten. Ich sah Blut, hörte vielleicht auch Schreie und schlug wieder und wieder zu. Meine Frau lag schon Blut überströmt auf dem Teppich, als ich aus meinem Rausch auftauchte. Sie war tot, wie ich in einer Mischung aus Erleichterung und Erschrockenheit erkannte.
Ich konnte nicht mehr zurück. Ich spürte den Schweiß, der aus mir floss, keuchte atemlos, doch ich fühlte in mir auch die Kraft und die Ruhe, meinen Mord zum perfekten Mord zu machen.
Ich ließ mir Zeit, duschte mich ausgiebig, kleidete mich frisch an und verstaute meinen mit Blut bespritzten Anzug und den verschmierten Hammer in eine Plastiktasche.
Niemand in unserer Bessere-Leute-Siedlung nahm Kenntnis von mir, als ich zu meinem Wagen ging, dort die Tasche im Kofferraum deponierte und den zweiten Hammer holte. Bei der Rückkehr ins Wohnzimmer gab ich mir viel Mühe, den Hammerkopf im Blut und in der Hirnmasse meiner Frau zu tauchen, während ich den Stiel direkt am Schaft mit einem Tempo festhielt.
Die Fingerabdrücke des vergesslichen Käufers wollte ich auf keinen Fall verändern oder gar tilgen.

Der Rest war eine Kleinigkeit. Ich fuhr in die Nachbarstadt und ließ dort meine Kleidung und das Mordwerkzeug auf Nimmerwiedersehen verschwinden. Mit Steinen beschwert warf ich die Tasche in den Fluss. Niemand sah mir zu, als ich das Behältnis von der Fußgängerbrücke aus versenkte.

Bei der Rückkehr nach Hause achtete ich besonders darauf, dass mich jemand sah. Grüßend winkte ich einem Mann zu, der in einiger Entfernung an seinem Wagen werkelte. Und erstaunlicherweise winkte er sogar zurück.
Den Blick ins Wohnzimmer ersparte ich mir. Ich griff sofort zum Telefon und rief die Polizei.

Die Polizisten hatten viel Mitleid mit mir. Ihre Fürsorge war schon fast übertrieben, fand ich. Nach den ersten Erkenntnissen stand für sie fest, dass ein Unbekannter meine Frau erschlagen haben musste und dann fluchtartig das Haus verlassen hatte. Deshalb hätte er auch den Hammer liegengelassen.
Genau so hatte ich es geplant. Die Polizei würde die Fingerabdrücke finden, sie wahrscheinlich sogar mit den meinen vergleichen, ohne es mir zu sagen, und feststellen, dass die Abdrücke nicht von mir stammen konnten.
Ich war zufrieden, bat darum, zu einem Hotel gebracht zu werden, um dort die Nacht zu verbringen. Ich verspürte keine Lust, länger in diesem Haus zu bleiben.

Am Abend prostete ich mir zu. Jeder würde denken, ich ertränke meine Trauer – sollten sie. Ich feierte für mich. Still, aber innerlich ausgelassen; stolz, die Gelegenheit zum perfekten Mord genutzt zu haben.
Es war spät, als ich meinen Leichenschmaus beendete. Die Übelkeit und der Schwindel traten schon auf, als ich im Aufzug zum dritten Stock fuhr. Mit Mühe konnte ich die Zimmertür öffnen. Der Brechreiz setzte ein, als ich auf den Balkon trat. Ich hielt mich

nach Luft schnappend am flachen Geländer fest. Ich verlor das Gleichgewicht und stürzte nach unten. Dann war es dunkel.

Die Diagnose war eindeutig: Ich konnte nichts mehr selbstständig tun, außer atmen. Ich würde mein Leben lang gelähmt bleiben, musste künstlich ernährt werden, konnte nicht mehr sprechen. Die Sturzschäden in meinem Gehirn waren irreparabel und führten die Ärzte zu der Erkenntnis, ich würde bis zu meinem Ende dahinsiechen. Ein hoffnungsloser Fall.
Nein!, wollte ich schreien. Aber niemand konnte mich hören. Ich wollte mich äußern, mich mitteilen. Sogar um meinen Tod betteln. Aber es ging nicht. Meine Hände, meine Füße, mein Kopf, meine Augen, sie reagierten nicht auf die Befehle, die ich ihnen gab. Für die Pfleger stierte ich apathisch zur Decke, ließ mich in die Sonne schieben oder ins Zimmer, schlief oder schlief nicht. Sie glaubten, ich bekäme nicht mit, als sie über mich sprachen, von meinem Unglück, meinem Schicksal, von der großen Erbschaft und der immensen Lebensversicherung, die ich nach dem ungeklärten Mord an meiner Frau erhalten hatte.
Nein!, wollte ich schreien. Ich lebe! Macht mich gesund! Oder tötet mich!
Für sie war ich schon ein lebendiger, toter Mann. Ich war ein Gefangener in meinem eigenen Körper.

Irgendwann wurde ich aus dem Krankenhaus in ein privates Pflegeheim verlegt.
Wie lange ich wohl noch leben würde, fragte eine Pflegerin ihre Kollegin, als sie mich lieblos wuschen

und den Behälter mit der Flüssignahrung austauschten.
Die Antwort schockte mich, obwohl ich geglaubt hatte, dass mich in meiner Ausweglosigkeit nichts mehr schocken konnte: Ich würde leben, bis mein Vermögen aufgebraucht war. Dann würde – rein zufällig – eine verunreinigte Flüssignahrung mich vergiften.

War das die gerechte Strafe für das, was ich getan hatte?

Die Autoren

Christian Fahlenbock: Geboren 1988, legte im Frühjahr 2008 sein Abitur ab und leistete danach seinen Zivildienst in Jülich. Der gebürtige Geilenkirchener ist zugleich Vielleser, Hobbyphilosoph, leidenschaftlicher Bluesgitarrist, bekennender Kaffeeabhängiger und langsamster Autofahrer Deutschlands (frei nach dem Motto: Reisen statt Rasen!). Während seiner Zeit als Zivi begann er mit der aktiven Erforschung des Mysteriums Schreiben. Unterlegt von wummernden Beats, oft bevölkert mit skurrilen Figuren wie paranoiden Dorfsheriffs und abgewrackten Kifferhäuptlingen, sind seine Geschichten sowohl präzise Schilderungen der heutigen Jugend- und Gegenwartskultur als auch fiktionale Aufarbeitungen von Erfahrungen und Erlebnissen aus dem Alltag ihres Verfassers.

Rosemarie Fahlenbock: Geboren 1962 in Geilenkirchen. Mutter von zwei Söhnen. Sie lebt mit ihrer Familie im Geilenkirchener Ortsteil Grotenrath. Beruflich ist sie tätig als Heilerziehungspflegerin in einer Einrichtung für Menschen mit Behinderung. 2000 ließ sie sich zur Reiki-Meisterin ausbilden. Bereits seit ihrer Kindheit liest sie Kriminalgeschichten, da die Spannung beim Aufklären von Verbrechen und deren Hintergründen ihr besonderes Interesse für das Verborgene und Geheimnisvolle im Menschen widerspiegelt. Ihren Wunsch, selbst einmal zur Krimi-Autorin zu werden, konnte sie erstmals in dieser Sammlung von Kurzgeschichten verwirklichen.

Gerd Grunewald: Geboren 1953 in Hamburg. Seit 1998 in Wegberg lebhaftig. Bis zur Niederlassung am Niederrhein war er nach dem Studium der Wirtschaftswissenschaften uniformiert (Offizier) und zivilisiert (Beamter) in Staatsdiensten aktiv. In der friedvollen Beschaulichkeit zwischen Maas, Schwalm und Nette geht schon mal die Phantasie mit ihm durch. Das schreibt er dann auf.

Heidi Hensges: Sie wurde 1962 in Göttingen geboren, legte aus arbeitsmarktbedingten Gründen in Mönchengladbach zwei Jahre lang eine Zwischenstation ein und lebt seit 2003 der Liebe wegen in Heinsberg. Nach beruflichen Umwegen über Buchhandel, Verlagswesen, Druckvorstufe, Werbeagenturen, Onlinemarketing, Haushaltswarenvertrieb und Verpackung von CDs, Obst und Gemüse ist sie heute unter anderem als freie Autorin für Online- und Printmedien mit den Themenschwerpunkten PC-Wissen und virtuelles Leben tätig. Die Veröffentlichung ihres ersten, sich noch in der Entwicklung befindlichen Romans ist noch vor ihrem 50. Geburtstag geplant.

Irene Hissel: 1965 in Heinsberg geboren und auf einem Bauernhof aufgewachsen. Ausbildung zur Einzelhandelskauffrau. Verheiratet lebt in Gangelt-Langbroich, Hausfrau, Mutter von zwei Kindern und Nebentätigkeit als Obst- und Gemüseverkäuferin auf dem Wochenmarkt. Hobbys: Badminton, Reiten und vor allem seit dem siebten Lebensjahr Lesen.

Renate Janssen: 1958 in Düsseldorf geboren und aufgewachsen, schrieb schon als Kind gerne Geschichten. Seit 1987 lebt sie mit Mann, Hunden und Katzen in Hückelhoven, wo sie sich mit Freude und Engagement der Acrylmalerei widmet. Wie in ihren Bildern, so stehen auch in ihren Geschichten die Menschen und ihre Höhen und Tiefen im Mittelpunkt, wobei sie den Höhen ganz gern mal einen unorthodoxen „Heimvorteil" verschafft.

Kurt Lehmkuhl: Redakteur im Zeitungsverlag Aachen, Krimiautor und Leiter des Kurses der Anton-Heinen-Volkshochschule, der zu dieser Anthologie führte. 1952 in Übach-Palenberg geboren, seit 1989 in Erkelenz lebend und in Heinsberg arbeitend. 1996 erste Romanveröffentlichung, seitdem sind 17 Kriminalromane, etliche Kurzgeschichten und mit anderen Autoren ein Sachbuch erschienen.

Luitgard Olufayo: Geboren 1962 in Dortmund, Mutter von vier Kindern, gelernte Fremdsprachenkorrespondentin, Übersetzerstudium in Köln, beschäftigt sich in ihrer Freizeit leidenschaftlich mit Fremdsprachen, ist Yogaanhängerin, liest viel und weiß aus einem reichen Erfahrungsschatz zu berichten. Sie wohnt mit ihrem Mann und ihren Kindern in einem Vorort von Gangelt.

Der Folge-Band „Tödlicher Selfkant“ erscheint im Herbst 2011.

Weitere Informationen über den hkl-Verlag und Veröffentlichungen des Verlags unter **www.hkl-verlag.de**